EL SEÑOR DOCTORAL

EMILIA PARDO BAZÁN

EL SEÑOR DOCTORAL

A la verdad, aunque todas las misas sean idénticas y su valor igualmente infinito como sacrificio en que hace de víctima el mismo Dios, yo preferí siempre oír la del señor doctoral de Marineda, figurándome que si los ángeles tuviesen la humorada de bajarse del cielo, donde lo pasan tan ricamente, para servir de monaguillos a los hijos de los hombres, cualquier día veo a un hermoso mancebo rubio, igual que lo pintan en las Anunciaciones, tocando la campanilla y alzándole respetuosamente al señor doctoral la casulla.

Vivía el señor doctoral con su ama, mujer que había cumplido ya la edad prescrita por los cánones, y con un gato y un tordo, de los que en Galicia se conocen por "malvises", y silban y gorjean a maravilla, remedando a todas las aves cantoras. La casa era, más que modesta, pobre, y sin rastro de ese aseo minucioso que es el lujo de la gente de sotana. Porque conviene saber que el ama del doctoral, doña Romana Villardos Cabaleiros, había sido, in illo tempore, toda una señora, en memoria de lo cual tenía resuelto trabajar lo menos posible, y señora muy padecida, llena de corrimientos y acedumbres, en memoria de la cual seis días cada semana se guillaba enteramente, entregándose a tristes recordaciones y olvidando que existen en el mundo escobas y pucheros. En el hogar del canónigo ocurrían a menudo escenas como la siguiente:

Volvía de decir la misa, y mientras arriaba los manteos y colgaba de un clavo gordo la canaleja, su débil estómago repetía con insinuante voz. "Es la horita del chocolate". Alentado por tan reparadora esperanza, el doctoral se sentaba a aguardar el advenimiento del guayaquil. Pasaba un cuarto de hora, pasaba media... Ningún síntoma de desayuno. Al fin, el doctoral gritaba con voz tímida y cariñosa:

-¡Doña Romana..., doña Romana!

Al cabo de diez minutos respondía un lastimero acento:

-¿Qué se ofrece?

-¿Y... mi chocolate?

-¡Ay! -exclamaba la dolorida dueña-. Hoy no estoy yo para nada... ¿Sabe usted qué día es?

-Jueves, 6 de febrero; Santas Dorotea y Revocata...

-Justo... El día que, hallándome yo más satisfecha, voy y recibo la carta con la noticia de que mi cuñado el comandante se había muerto del vómito en Cuba... ¡Ay Dios mío! ¡El Señor de la vida me dé paciencia y resignación!

Nunca la buena pasta del doctoral le consintió preguntar a la matrona si, por haberse muerto del vómito su cuñado, era razón que su amo se muriese de hambre. Lo que solía hacer era abrir la alacena de la cocina, sacar de su envoltura mantecosa la onza de chocolate y roerla, con ayuda de un vaso de agua. Después solía dedicar un ratito a consolar a doña Romana, que hipaba en el rincón de un sofá, con la cara embozada en un pañuelo.

-Doña Romana... Dios... La conformidad... No tentar a Dios, por decirlo así... ¡Si llora usted más perdemos las amistades...!

-Mañana tendrá usted el chocolate a punto -respingaba con aspereza la vieja.

-¡Si no es por el chocolate, mujer!... Es que nuestra santa religión..., ¿lo oye usted? nos manda que tengamos correa..., que no nos desesperemos..., y que cada uno se someta a la voluntad divina..., aceptando la situación que...

Doña Romana se volvía toda venenosa, exhalando un bufido comparable al "¡fu!" de los gatos.

-¡Ya entiendo, ya!... Ahora mismo me voy a poner la comida, para que no tenga usted que echarme en cara ni que avergonzarme por cosa ninguna.

-¡Jesús, doña Romana!... ¡Vaya por Dios! Todo lo toma usted por donde quema... -murmuraba el doctoral apiadado y contrito.

El caso es que, cuando al ama le daba muy fuerte la ventolera, tampoco arrimaba al fuego la olla, y algún día el canónigo, con sus manos que consagraban la Hostia sacrosanta, se dedicó a la humillante operación de mondar patatas o picar las berzas para el caldo. Nada de esto molestaba al buen señor como los fracasos de su oratoria, que no lograba serenar el atribulado espíritu de la dueña. Porque si en algún escondrijo del alma del doctoral crecía la mala hierba de una pretensión, era en el terreno de la elocuencia. Por componer un sermón que dejase memoria, diera el dedo meñique, ya que no la mano. Cada vez que subía al púlpito algún jesuita, de estos que tienen pico de oro y lengua de fuego para echar pestes contra las impiedades de Draper y Straus (en Marineda perfectamente desconocidas), o algún curita joven vaciado en moldes castelarinos, de estos que hablan del "judaico endurecimiento", y de la "epopeya de la Reconquista", y de la "civilizadora luz que el sacro Gólgota irradia", el señor doctoral no se reconcomía de envidia, por imposibilidad psicológica, pero se abismaba dolorosamente en la convicción profunda de su propia inutilidad, y sus reflexiones -suponiéndolas una ilación que no tenían y peinándolas mucho- podrían transcribirse así:

-¡Jesús mío, ya está visto que yo no te sirvo para maldita la cosa! Soy un trapo viejo, un perro mudo. Necedad grande la mía en desear, como he deseado, que me enviasen a predicar el Evangelio en tierras salvajes, donde abunda la cosecha de almas. ¡Bonito soy yo para apóstol, con esta lengua torpe, estos dichos sosos, esta voz de carraca y esta fachilla insignificante! Señor, ¿por qué no me habréis concedido el don de la palabra? ¡Sería tan hermoso cantar vuestras alabanzas, llenar de una conmovida multitud vuestro templo, siempre vacío; derretir los corazones, derramando en ellos, viva y caliente, la infusión de la gracia! Y el caso es, Jesús mío, que si con vuestro infinito poder me desatarais el habla, si me cortaseis el frenillo y me otorgaseis el palabreo bonito y los períodos sonoros que gastan los predicadores de rumbo..., ¡se me figura que diría yo cosas muy buenas! Porque en mi interior siento unos fervorines... y así como unas ideas raras, nuevas y eficaces...

Cuando el padre Incienso está a vueltas con aquello del "helado indiferentismo" y lo otro del "determinismo positivista, nefanda resurrección del fatalismo pagano", me entran a mí arrechuchos de gritarle: "¡Padre Incienso, por ahí, no!... ¡Si aquí no existen semejantes positivistas ni deterministas, ni hay tales carneros!... Aquí lo que importa es apretar en esto, en esto y en lo otro". ¡Ah, si me ayudasen las explicaderas! Jesús mío, ¿por qué consientes que sea tan zote?... ¡Vaya un señor doctoral! Señor animal es lo que debían llamarme.

En el confesonario luchaba el señor doctoral con la misma deficiencia de facultades. Jamás se le ocurrían esas parrafadas agridulces que entretienen los escrúpulos de las devotas, ni esos apóstrofes tremendos que funden el hielo de las empedernidas conciencias. Nada; vulgaridades y más vulgaridades. "Paciencia, que también la tuvo Cristo..." "Bueno; otro día procure usted no promiscuar..." "¡Ánimo! ¡Arránquese usted del alma esa afición tan peligrosa!..." "Está usted obligado a restituir, y si no restituye no puedo absolverle..." "A ese enemigo perdónele usted de todo corazón antes de comulgar... Sería un sacrilegio horrible recibir a Dios deseando la muerte a nadie". Y patochadas por el estilo; de modo que Arcangelita Ramos, presidenta de las Hijas de María; la marquesa de Veniales, fundadora del Roperito; la brigadiera Celis; en fin, la flor y nata de las devotas marinedinas, estaban acordes en que el señor doctoral era un clérigo de misa y olla, y el padre Incienso un encanto, según enredaba por la reja del confesonario flores de retórica y filigranas de místico discreteo.

En cambio, la gente baja decía primores del señor doctoral. Marineros, artesanos y cigarreras, al verle pasar arrastrando los pies y sonriendo con la vaga sonrisa de las almas bondadosas, murmuraban con misterio: "Es un santo". En la Fábrica de Tabacos (donde no hay noticia que se ignore ni suceso que no se comente) se referían mil anécdotas de la vida privada del doctoral. Que si había vendido las hebillas de plata de los zapatos para que no echasen a unas pobres del piso cuyo alquiler estaban debiendo; que si no teniendo moneda cuando en la calle le pedían limosna, daba el tapabocas, el pañuelo, el rosario; que si pasaba necesidades en su casa por socorrer las ajenas; que si a veces no se echaba carne en su olla; que si unos manteos le duraban diez años... Cuentos semejantes sofocarían muchísimo al doctoral si los oyese. Por aquel romanticismo de la limosna callejera se regañaba diariamente a sí propio, tratándose de hombre ñoño y sin sustancia y pensando que, en lugar del ochavo, le estaría mejor establecer alguna sociedad o congregación, escuela dominical o cocina económica, "a fin de recabar de la filantrópica abnegación de las colectividades lo que no logran los más gigantescos esfuerzos de la iniciativa individual", como decía un periódico local, El Nautiliense, tratando de una empresa para salvamento de náufragos. Solo que tales funciones requieren labia, expediente, agilibus..., y el doctoral no poseía semejantes dones, esencialísimos en los tiempos que corremos.

Una noche, el doctoral, bastante resfriado, hubo de acostarse con las gallinas. El tiempo era de perros; diluviaba, y el viento redondo de Marineda sacudía los edificios y rugía furioso al través de las bocacalles. Por lo mismo, la cama estaba calentita y simpática en extremo, y el doctoral, arropado, quieto y a oscuras, sentía ese bienestar delicioso que precede a la soñarrera. Sus huesos, torturados por el reuma, iban calentándose, y su pecho, obstruido por el recio catarro, funcionaba mejor. Era un instante de goce sibarítico, de esos que prolongan la débil existencia de los viejos. El murmullo del último padrenuestro moría en los labios del doctoral, cuando el aldabón y la campanilla resonaron casi a un tiempo estrepitosamente, y el vocerío de una discusión alborotó la antesala. La discusión seguía, convirtiéndose en disputa, hasta que doña Romana, palmatoria en ristre, se lanzó en la alcoba a noticiar que una mujer muy mal vestida, con trazas de pedir limosna, se empeñaba en que había de ver al señor inmediatamente, a la fuerza. Como el soldado que oye el toque del clarín, el doctoral saltó de la cama, y, apenas cubiertos los paños menores con otros mayores, salió a la antesala, enfrentándose con la mujer, la cual chorreaba agua, pues tenía pegado a los hombros el mantoncillo negro y a la cabeza el pañolito de algodón.

-Santo querido -exclamó intentando besar la mano del viejo-, mi hermano está en los últimos, dando las boqueadas, y se quiere confesar... Se muere, señor, y lo mismo que un can, con perdón de usted... A ver, santiño, si le convence a aquel alma negra para que no se vaya así al otro mundo.

-¿Quién es su hermano de usted, mujer?

-El escribano Roca...

El doctoral miró con extrañeza el pobre pelaje de la mujer, y ella, comprendiendo el sentido de la mirada, balbució:

-Yo soy cigarrera, y gano muy poco, que tengo mala vista, el Señor me consuele... Mi hermano, podrido de onzas, y nunca un cuarto me da... Allí tiene en casa una pingarrona, dispensando la cara de ustedes, sinvergüenza, que todo se lo come... y yo, con cuatro hijos que mantener de mi sudor infeliz. Pero no crea que es por el aquel de la herencia por lo que vengo. Pobre nací y pobre moriré, y no me interesa si no fuera por los hijos. Lo que no quiero es que el hermano se me condene, ni que se ría esa lambonaza que tiene allí, más pegada que la lapa a la peña... Santo, buena faltita me hace el dinero; pero Dios vale más. Dígnese sacar del infierno a mi hermano.

-Mire, mujer -arguyó el doctoral, subyugado ya por aquella voz enérgica- yo no sirvo para eso de convencer a nadie. Vaya al padre Incienso, que sabe persuadir y lo hará muy bien.

-¡Ay señor! Ese padre será bonísimo; yo no le quito su bondad; pero en Marineda no hay otro santo como usted. Las cigarreras dejamos por usted al Papa en su silla. Si no quiere venir, deme un no; pero no me diga de buscar otra persona, que si usted no hace el milagro, ni Dios lo hace.

¡Oh, eterna flaqueza humana! Sintió el doctoral un dulce cosquilleo en el amor propio.

-¡Doña Romana, mi paraguas!

-¡Su paraguas! -bufó la dueña-. ¿No sabe que parecía el banderín de los Literarios, y no hubo más remedio que enviarlo a forrar?

El doctoral vaciló un segundo; al fin indicó tímidamente:

-¡Vaya por Dios!... Bien; el manteo y el sombrero viejo..., y la bufanda.

Salieron. La lluvia se precipitaba de lo alto del cielo en ráfagas furiosas, batidas por el viento loco, que obligaba al doctoral a pararse rendido. El agua que, penetrando al través del raído manteo, llegaba ya a las carnes del venerable apóstol era helada, y su cruel frialdad creía él sentirla, mejor aun que en la epidermis, en los tuétanos. Y no era floja la tirada hasta casa del escribano. La plaza, anchísima y salpicada de charcos; las lúgubres callejuelas del barrio viejo; el largo descampado del Páramo de Solares; la solitaria calle Mayor, por el día tan concurrida y animada; luego, el paseo de las Filas, donde el aguacero, en vez de aplacarse, se convirtió en diluvio...

El doctoral, caladito, advertía una sensación extraña. Parecíale que su alma se había liquidado, convirtiéndose después en un témpano de nieve. "¡Jesús mío -pensaba el varón apostólico-, conservadme siquiera un poquito de calor, una chispita de fuego no más! Con este frío del polo, ¿cómo queréis que yo logre inflamar un alma? ¡Jesús mío, no permitáis que me hiele del todo!..." La centellita de fuego disminuía, disminuía: era sólo un punto rojizo allá en el fondo de un abismo muy negro... Al llegar al portal del escribano la chispa titiló, y se quedó tan pálida, que podría jurarse que estaba apagada enteramente. Y el pensamiento del apóstol, al subir las escaleras, no giraba en derredor de conversaciones ni de actos de fe, sino de esta preocupación mezquina y terrenal: "¡Si me diesen un poco de aguardiente de anís o de vino añejo! ¡Si hubiese al menos un braserito donde secarse!"

La cigarrera llamó briosamente, y como tardasen en abrir segundó el toque con mayor furia. Apareció en la puerta una imponente mujeraza, gruesa y bigotuda, de ojos saltones y pronunciadas formas, que se desató en invectivas, queriendo cerrar otra vez; pero la cigarrera se incrustó a guisa de cuña para impedirlo, y hecha una sierpe voceó:

-¡Aparta, aparta, que aquí traigo a Dios para que mi hermano no se muera como un can! ¡Aparta, condenada raposa, saco de pecados!

Y, haciéndose a un lado, descubrió al doctoral, que chorreaba y tiritaba, hecho una sopa, trémulo, tan encogido, que había menguado media cuarta de estatura. ¡Cosa rara! La mujerona, sin embargo, le conoció; le conoció tan de pronto, que su actitud cambió enteramente; apagáronse las chispas de sus ojos; murió la injuria en su airada boca, y con sumiso acento pronunció:

-Pase, señor doctoral; pase... Perdone, que no le veía... A usted, que sacó de la necesidad a mi madre...; ¿no se acuerda? ¡En el cielo se encuentre los cinco duros que le dio para poner el puesto de hortalizas!... A usted no le pego yo con la puerta en los hocicos... Pase y haga lo que quiera, señor...; pero considérese de que estoy sirviendo hace tres años en esta casa, y es justo que, al morir el señor de Roca, no quede yo pereciendo... Entre ya.

El doctoral se enderezó... La centella renacía al soplo de aquel entusiasmo, de aquella gratitud inesperada, frutos de una buena acción ya vieja y puesta en olvido... Luz misteriosa alumbró su espíritu y una idea, al par terrible y consoladora, le estremeció hasta lo más profundo de su corazón. La tal idea convirtió el mortal frío de la mojadura en un ardor, una especie de fiebre apostólica. Con resuelto paso entró en la alcoba del enfermo.

Hallábase este muy fatigado, en una de esas angustiosas crisis que preparan la agonía. Su pecho subía y bajaba al compás de estertorosa disnea. El afanoso resuello podía oírse desde el pasillo. A pesar de tan violenta situación, de lo mucho que debía sufrir la entrada del doctoral no le pasó inadvertida, y, agitando los brazos y exhalando rugido vehemente, indicó que le desagradaba su visita y que el clérigo estaba de más. Sin embargo, la mujerona, después de arreglarle las almohadas, salió discretamente, dejándole a solas con el médico del espíritu.

Éste permanecía a la boca de la alcoba, como hombre indeciso que aguarda la inspiración para proceder. Sus miembros los paralizaba el frío mortal; pero allá en el foco donde antes titilara, próxima a extinguirse la sobrenatural chispita, había ahora estallado llama intensa, que empezaba a arder lentamente, y después adquiriera tal incremento, que el apóstol se sentía abrasar... Ya no pensaba el señor doctoral ni en refocilarse con unas gotitas de anís, ni en arrimarse a un buen fuego de leña, ni en volverse a sus tibias sábanas. De repente se llegó a la cama del enfermo, y delante de ella se hincó de rodillas. El escribano clavó en él sus ojos apagados, amarillentos y turbios.

-¿Qué... hace usted... ahí? -articuló trabajosamente.

-Rezo -contestó el apóstol- para que usted se confiese, se arrepienta y se salve.

-Y a usted ¿qué... ajo... le importa... que yo...? ¡Por vida...! ¡Pepa!

-No llame usted, que Pepa sabe que ningún mal vengo a hacerle. El que usted se salve me importa mucho -contestó el doctoral irguiéndose, creciendo en voz, carácter y estatura, y encontrando en sí una fuerza de voluntad y hasta una afluencia de frases que no tenían nada que envidiar a las del padre Incienso-. Me importa mucho, porque usted podrá morirse hoy; pero yo estoy seguro, ¿lo oye usted?, de que no viviré ocho días. Me encontraba en la cama resfriadísimo; me he levantado para venir a confesar a usted; me he calado hasta los huesos, y sé que he ganado la muerte. Y como no he de presentarme delante de Dios con las manos vacías del todo, ¡caramba!, me he empeñado en salvar su alma de usted para no perder la mía. En mi vida le serví de nada a Dios..., ¿lo oye usted?; de nada absolutamente. Ahora me llama a sí, ¿y quiere usted que yo le diga: "Soy tan tonto que no supe ablandar al escribano Roca"? Ahora me ha entrado un don de persuadir que no tuve nunca; ¿quiere usted impedirme que lo aproveche? No, señor...; usted me oirá. Antes me hacen pedazos que irme de aquí sin absolverle... Máteme usted si gusta, pero atienda mis palabras.

El último episodio de la historia del doctoral ocurre en el pórtico del cielo. A él llegaron juntas las almas del apóstol y del escribano, convertido por su tardía elocuencia. El escribano, a la vez avergonzado y loco de gozo (porque con la ganga de ir al cielo, dígase la verdad, no había soñado él nunca), se apartó, a fin de dejar paso al alma del doctoral. Y el doctoral, sonriendo al pecador, se hizo atrás y dijo humildemente:

-No: usted primero...

A principios de este mismo siglo, que ya se acerca a su fin, algo después que echamos al invasor con cajas destempladas, y un poco antes que se afianzase, a costa de mucha sangre y disturbios, el hoy desacreditado sistema constitucional, había en la entonces pacífica Marineda cierto tenducho de zapatero, muy concurrido de lechuguinos y oficialidad, por razones que el lector malicioso no tendrá el trabajo de sospechar, pues se las diremos inmediatamente...

Llamábase el maestro de obra prima Santiago Elviña, y sería la más gentil persona del mundo si no adoleciese de dos o tres faltillas que, sin desgraciarle del todo, un tantico le afeaban. Eran sus ojos expresivos y rasgados; pero en el uno, por desdicha, tenía una nube espesa y blanca que le impedía ver; y su tez fuera de raso, a no haberla puesto como una espumadera las viruelas infames. El cabello (que en sus niñeces es fama lo poseyó Santiago muy crespo y gracioso) había volado, quedando sólo un cerquillo muy semejante al que luce San Pedro en los retablos de iglesia. Y aun con todas estas malas partes ostentaría el zapatero presencia muy gallarda, a no habérsele quedado la pierna izquierda obra de una pulgada más corta que la derecha y estar el pie correspondiente a la pata encogida algo metido hacia adentro y zopo. Hasta se asegura que de este defecto se originó la vocación zapateril de Santiago, puesto que necesitaba calzado especial, con doble suela de corcho, y por deseo de calzarse bien dio en aprender a calzar a los demás con igual perfección y maestría.

Porque, eso sí, de las manos y de los brazos no solamente no era zopo Santiago, sino tan listo y bien dispuesto, que no había forma que se le resistiese ni labor que no sacase acabada y primorosa. Así contorneaba el menudo chapín de tabinete negro que lucía en Semana Santa la mujer del comandante de armas o la sobrina del deán, como batía la fuerte suela de las recias botas de soldados y marineros. Daba gusto ver un par de calzados en el instante crítico en que Elviña, extrayéndolo de la hormaza, lo alineaba juntándole las punteras, y, echándose hacia atrás, se recreaba en contemplar el brillo charolado, la limpieza de los puntos, la pulcritud del encerado reborde de la suela y, en fin, todos los detalles que hermosean una obra maestra de zapatería.

Pero no le sacasen de su oficio al buen Santiago; fuera de la habilidad pedrestre no se buscase en él otro mérito ni señal de agudeza, discreción, ingenio, oportunidad o donaire. Había nacido llano de entendimiento, pobre de espíritu, crédulo en demasía, más que por necedad y simpleza, por candidez y bondad de corazón; era su confianza en el género humano tan extremada, que, si teniendo manos de oro para su oficio no estaba ya rico, había que atribuirlo a los infinitos pufos y chascos que le costaba su ingenuidad inverosímil; y sería cuento de nunca acabar citar nombres de personas descaradas que andaban por Marineda, calzadas de balde a cuenta del seráfico Elviña. Y es lo bueno que, si alguien le daba matraca sobre el asunto, respondía moviendo la cabeza (pues era, aunque tan infeliz, unas miajas terco y tozudo):

-Pues si me debe los escarpines peor para él. En el otro mundo tendrá que pagármelos con réditos. Sobre su alma van. A no ser que el infeliz no tenga; que entonces... Al que no tiene, el rey le hace libre. Allá arriba hay quien lleve cuentas... ¡y bien justas!

Con su cutis de criba, su nube en el ojo, su cabeza pelada y su pata coja, Santiago consiguió la dicha de encontrar una esposa no solo ejemplar, sino de harto buen palmito y más que medianas entendederas comerciales. Bajo su dirección prosperó la casa, creció el modestísimo peculio, hubo aseo en la tienda, y en el hogar, paz y abundancia. La zapatera discernía de parroquianos, dirigía la venta y entrega del género y precavía las inocentadas del marido, cobrando a toca teja. Convencida de la edad moral de su esposo, se había erigido en su protectora y solía decir:

-¡Qué sería sin mí de este "pobriño"!

La dura suerte quiso que pronto conociese Santiago cuánto perdía al faltarle el numen tutelar... Murió la esposa dando a luz una niña..., y Santiago quedó solo y con el quebradero de cabeza de sacar adelante a la rapaza.

Ésta -que se llamaba Margarita- se crió de milagro; el padre la alimentó con vasitos de leche y sopas, ayudado de las vecinas compasivas, que eran todas en aquel barrio del Jardín, y jugando con recortes de suela, retazos de cordobán, leznas y martillos, la muchacha creció; fue espigando, formándose, engruesando, echando carnes y lozaneando lo mismo que albahaca en tiesto o rosa en rosal. Si entonces se conociesen el poema de Goethe y la ópera de Gounod, no faltaría quien encontrase poética semejanza entre la amante de Fausto y la no menos humilde Margarita zapateril, porque ésta tenía como aquélla el pelo rubio lo mismo que el oro, el aire modesto y jovial a la vez. No era delgada ni pálida, sino fresca y mórbida, como suelen ser las hijas de Marineda; fina pelusa suavizaba su tez; sangre juvenil y pura coloreaba sus mejillas, y sus ojos verdosos y límpidos eran como dos "pocitas" de agua de mar en que se refleja el cielo.

¿Vas comprendiendo, sagaz lector, por qué estaba tan concurrida de oficiales y lechuguinos la tienda del buen Santiago Elviña?

Al llegar a la edad en que la niña se transformaba en apetecible mujer, Margarita había descubierto, sola y sin ayuda ni consejo de nadie, el secreto de realzar la belleza con inocentes y baratos artificios, como el artístico peinado, la flor en el corpiño, el zapato bien hecho (tenía la fábrica en casa), el vestido de pobrísimo "guingán" o "zaraza", cortado con gracia y adornado... por la hermosura de quien lo vestía. Sin más arte ni más dispendios, Margarita era un sol, y casi me parece ocioso advertir que su padre la contemplaba, a hurtadillas, con pueril orgullo.

Y verán ustedes la composición de lugar que hizo para sí el zapatero: "Todos dicen que mi hija es muy bonita y muy preciosa. ¡Vaya si lo es! No dicen sino la verdad. Aún se quedan cortos, porque vale más que lo que piensan; como que reúne a esa belleza física otra cosa preferible: el genio de una santa y mucha alegría y mucho despejo, e igual disposición que su difunta madre para el gobierno y arreglo de la casa y el manejo de los cuartos. Como al mismo tiempo es tan buena y tan religiosa, ya sé yo que no tendrá un mal pensamiento ni una acción liviana. Reunida su fama de hermosa a su fama de honesta, no será ningún milagro que se prende de ella un señorito..., y si no un señorito, por lo menos un artesano acomodado, como Nicéforo el ebanista, que tantas vueltas anda dando alrededor de mi tienda. El que se enamore de ella, ¿qué ha de hacer sino venir inmediatamente a pegar conmigo y decirme: "Señor Santiago, yo quiero a Margarita, y esto, y esto, y lo otro?" Y yo ¿qué he de contestar? "En siendo ella gustosa..., esto y aquello, y lo de más allá". Y a la iglesia..., y al año, nietos".

Muy orondo vivía con semejantes esperanzas Santiago Elviña. Nunca había tenido tanta ni tan lúcida parroquia. Toda la oficialidad de la guarnición puede decirse que se surtía allí, en términos que fue preciso tomar aprendices y velar muchas noches hasta las doce y la una. Los militares pagaban al contado, no regateaban nunca; alababan el género y, por añadidura, decían a Margarita cosas de miel. Santiago estaba prendado de tal clientela.

Uno de los mejores clientes era francés, y se llamaba Armando Deslauriers, maestro de armas del regimiento de Borbón. Tenía este tal muy arrogante muslo y pierna, y gustaba de realzarla cuando salía a caballo por las tardes, con ciertas botas de montar de arrugado charol, que, según decía, nadie sabía hacer en España sino Santiago. No era la bien trazada pierna el único atractivo que realzaba al profesor de esgrima; podía envanecerse y alabarse de unos bigotes castaños, lustrosos de cosmético, un cuerpo ágil y estatuario, que el diario ejercicio del florete volvía más airoso, y, en el ramo de indumentaria, preciarse de una colección de látigos con puño de plata, calzones de punto, corbatas flotantes y dijes de reloj en extremo caprichosos, todo lo cual hacia a Armando Deslauriers muy peligroso para el mujerío marinedino de cualquier estado y condición: señoras y artesanas, dueñas, casadas y doncellas. Hay que añadir que la profesión de Deslauriers infundía cierto terror a padres, maridos, hermanos y novios.

Como íbamos diciendo, el guapetón maestro de armas dio en aficionarse a las botas que fabricaba Elviña, y no pasaba momento sin que viniese a indicar alguna reforma o mejora en las que poseía o a examinar cómo marchaban las que el zapatero tenía en obra. Ya era un pespunte más apretado, ya un forro media pulgada más alto, ya la borla que se había estropeado y hacía falta una nueva... Cada episodio de este género daba pretexto a Deslauriers para divertir largos ratos en la zapatería, sentado sobre una silla medio desvencijada, charlando y refiriendo, con labia y acento francés, si bien en muy inteligible castellano, anécdotas de la guerra, cuentos chistosos, que hacían reír de bonísima gana a Elviña...

De pronto, pareció como si Deslauriers les hubiese perdido todo el cariño a sus botas de montar. Corrieron días, días y días..., y ni asomó por la tienda. Santiago no paró la atención en tal fenómeno, porque otro gravísimo para él le absorbía y preocupaba. Margarita estaba enferma, muy enferma.

¿Y de qué? ¡Vaya usted a averiguarlo! ¡Vaya usted a saber por qué una mocita de dieciséis o diecisiete adelgaza, rehúsa la comida, se vuelve más amarilla que un limón, tiene siempre ojos de llorar y cara de morir, se encierra en su cuarto y se pasa el día echada sobre la cama o sentada en un rincón oscuro, caídos los brazos, caída la cabeza, sin responder cuando le hablan y sin decir, por más que la acosen y pregunten, ni qué le duele, ni el origen de su mal!

Así razonaba Santiago Elviña y así contestaba a las vecinas que, en distintos tonos, preguntaban noticias de la muchacha o comentaban su retraimiento... Un día, casualmente, fue el zapatero a confiar sus pesares a la madre del ebanista Nicéforo, aquel pretendiente asiduo de Margarita, que un año antes le rondaba la calle sin descanso. La comadre callaba, rascábase el moño con las agujas de hacer media. Por último, respondió a las lamentaciones de Elviña, pero con palabras truncadas y reticentes.

-Y usted qué quiere, señor Santiago... Las muchachas que son... así... piensan que el mundo es ancho y que no hay más que divertirse y campar... Les gustan los señoritos de bigote retorcido, los que gastan espuelas y trotan a desempedrar la calle... Desprecian a los artesanos honrados, a los hombres de bien, que las pretenden para casarse y hacerlas reinas de su casita... y se van con esos tunantes que están hartos de burlarse de todas... ¡Ya se ve!... Luego, las chicas se tiran de las orejas, ¡y las orejas no les sangran!

Digna era la cara de Santiago, en aquel momento, del pincel de un gran artista. Creo que hasta el ojo tuerto despedía chispas y lumbres.

-¡Señora Clara! ¡Señora Clara! -tartamudeó..., y de pronto, recobrando habla expedita y el uso de sus potencias, gritó con tal fuerza que se asustó a sí propio-: ¡Embustera! ¡Embustera!

-¡Embustero usted! -replicó la mujer, furiosa, levantándose como una sierpe-. ¿Nos querrá dar la papilla de que no sabe la verdad? A los tontos con eso..., que aquí no nos chupamos el dedo, señor Santiago. ¡Y ya que habla tan gordo..., ha de oír! He de decir que estamos hartas las madres de familia del mal ejemplo de su hija y de verla escandalizando el barrio con el demontre del franchute allá por los bancos del Jardín a las doce de la noche. ¡Valiente "cara lavada"! Aquellos paseos, ¿en qué quería que acabasen? Vaya preparando -añadió con ironía sangrienta- pañalitos para lo que salga... De aquí a siete años, aprendiz nuevo en la zapatería...

Santiago no contestó. Afonía completa. Su garganta no podía formar sonidos. De pronto se llevó las manos a las sienes y partió corriendo, con toda la rapidez que consentía el pie lisiado. Entró en su casa lo mismo que un obús, y subió derecho al cuarto de Margarita...

Se ignora lo que hablaron hija y padre, aun cuando puede deducirse de los consiguientes sucesos. Cosa de una hora después de la conferencia, Santiago se puso camisa limpia, sacó del fondo del arca la ropa dominguera, se calzó un par de botas nuevas chillonas y, metiendo mucho ruido con suela y tacones, se dirigió desde su morada al cuartel de Borbón, situado detrás del Jardín. Preguntó por el maestro de armas "señor Delorié" y le hicieron pasar a un cuarto, donde el francés bebía y fumaba en compañía de varios oficiales.

Al pronto nada vio el ofendido padre, tal era de espeso el humo de tabaco allí; pero no tardó en columbrar, al través de la niebla, a su ofensor, que se adelantaba copa en mano.

-Hola, señor Elviña... Qué agradable sorpresa, señor Elviña... Usted por aquí... ¡Qué honor tan grande!... Siéntese y acepte un sorbito de ron.

Aquella acogida dejó suspenso al zapatero. Conoció que solo ver el rostro del francés le hacía temblar de ira, y que otra vez le era "imposible" hablar. Maquinalmente aceptó la copa de ron, y maquinalmente se la echó al coleto... Los hombres sobrios disponen de un recurso más que los intemperantes. El ron soltó inmediatamente la lengua de Elviña.

-Tengo que decirle a usted... -pronunció en tono categórico-; pero aquí, no; ha de ser a solas.

-¡Oh! ¡A solas nada menos! -contestó el francés remedándole-. ¡Y para qué, señor! Todos saben aquí el objeto de su venida. ¡Nadie ignora que yo he "derogado" diciendo cuatro chicoleos a la señorita Margarita..., y usted y ella pensaban de tenerme cautivo! Y, a propósito, ¿cómo está? ¿Siempre tan jolie? Preséntele usted mis cumplimientos...

Santiago se sintió temblar nuevamente. Sus dientes castañetearon..., ¡y no era de terror!...

-Otra copa de ron -contestó, alargando la mano.

Los oficiales se agruparon ya en torno de él, celebrando con risotas y bromas la escena. Elviña apuró el licor, y sintió que le encendía las entrañas.

-Ya que no quiere usted hablar a solas, hablaré delante de todos. Me es igual. No ha de ser más negro el cuervo que las alas. Vengo a que se case usted con mi hija en el término de veinticuatro horas. Si dentro de veinticuatro horas no se ha casado usted, le mato como a un perro.

Redobló la algazara, y Deslauriers hizo una cortesía irónica.

-Señor Elviña, muy agradecido al honor que usted me dispensa pidiéndome mi blanca mano para su preciosa hija... ¡Y yo sería su marido con la mayor satisfacción!... Pero tengo hecho un voto... ¿no se dice así?, de castidad...; ¡vamos!, de permanecer doncello.

Aquí las risas de los circunstantes fue tan ruidosa, que hizo retemblar los sucios cristales de la estancia. Santiago calló, apretó los dientes, cogió la botella de ron, llenó otra copa, bebió otro sorbo, y de improviso, sin chistar, alzando la diestra, se arrojó sobre el maestro de armas... Diez o doce brazos se interpusieron entre él y Deslauriers, no tan a tiempo que la mano del zapatero no hubiese rozado ya ligeramente la sien de su enemigo. Al verse sujeto, por reacción impensada y súbita, el zapatero... ¡se echó a llorar, a llorar perdidamente! Y el maestro de armas, que había contraído las cejas cuando se viera amenazado de un bofetón, al oír los sollozos del padre se aproximó a él, no sin dirigir antes expresivo guiño a los oficiales que le cercaban.

-¡Oh! ¡Señor Elviña! ¡Oh! Usted me ha ofendido gravemente... Usted me ha levantado la mano... Esto es muy serio, ¡ah!, entre gentilhombres... Sean testigos, señores, de la ofensa. ¡El señor Elviña me debe una reparación! Una reparación en el terreno del honor... ¡Ah!

-¿Oye usted, Elviña? ¡Que le debe usted una reparación al señor Deslauriers!

-¿Reparación? -balbució el zapatero sin comprender, con voz mojada en lágrimas.

-Sí... Que tiene usted que batirse.

-¿Batirnos? -contestó el padre-. ¡Claro que nos batiremos! ¡Había de quedar así! Ahora, sin tardanza... Salga usted ahí fuera... porque aquí me sujetan todos.

-¡Oh! No lo entendemos lo mismo, señor Elviña... No ha de ser una cachetina vulgar, sino un lance como entre caballeros. El honor lo exige.

-¿Y no me sujetarán los brazos? ¿No se meterán en medio estos señores? -gimió el mísero.

-¡Sujetar los brazos! ¡Cómo se entiende! ¿No le digo que se trata de un lance de honor?

-Pues corriente... ¡Vamos allá! De cualquier modo...

-No, no; ahora no; no conoce usted las leyes de la cortesía, señor Santiago... Los lances son de madrugada siempre... Mañana por la mañanita en el Jardín... Estos señores serán padrinos... A las seis le aguardamos. Soy el ofendido y escojo el sable.

-¿Me dan ustedes palabra de no sujetarme? -repitió con desconfianza, asombrosa en él, Santiago Elviña.

Le aseguraron que al día siguiente nadie se colocaría entre él y Deslauriers...

-¡Pues hasta mañana!

-Verán ustedes que bonne farce -dijo el francés cuando el pobre diablo hubo salido-. Cet animal-là no ha visto un sable. Le daré una paliza para que no vuelva a molestarnos..., y luego le traeremos aquí y le emborracharemos con ron..., y le haremos bailar. A fin de que la broma sea completa y que vean que no quiero abusar de su bobería, como él es tuerto yo me vendaré un ojo... Nous allons rire!

Dígase la verdad aunque redunde en mengua del heroísmo del zapatero: durmió bien poco aquella noche. A las cinco en punto entraba en la capilla de la Angustia a oír misa de alba. Oyóla con devoción; rezó varias Salves y, al salir, la casualidad, o un instinto difícil de explicar, le movió a fijar la mirada en el relieve que campeaba en el frontón de la portadita. Era la Virgen con su hijo muerto en brazos, advocación que se conoce por la Angustia. Santiago recordó a Margarita, a quien había dejado entregada al sueño..., y el único ojo válido se le nubló, con lo cual pudo decirse que no veía.

"Debí beber un trago de ron para tener ánimos", pensaba mientras se dirigía al Jardín.

Ya le esperaban en él Deslauriers y el grupo de oficiales, que al verle llegar, cambiaron codazos y sonrisas. El zapatero, cerrando los puños, iba a embestir contra el espadachín... Los fingidos padrinos le detuvieron. ¡No sabía él el ceremonial de un lance de honor! Pues iban a explicárselo punto por punto... El sable se coge así, se juega asá...

Santiago esperó resignado, abatido, y empezaron los requisitos burlescos. Hubo reparto de sol, cotejo y examen de armas, medición de terreno, todo con gran aparato; luego fue vendado Deslauriers, para que igualasen las condiciones... Despojóse Santiago de la chaqueta; Armando, de la casaca; agarró cada cual su chafarote, y se oyó una voz que decía:

-Atención a la señal.

Los curiosos aguardaban, muertos de risa, el duelo de un maestro de esgrima con un zapatero cojo, que nunca empuñara un arma. Deslauriers, gallardo, risueño en elegante posición de consumado duelista, tenía apoyada contra el suelo la punta del sable...

-¡En guardia! -volvió a gritar el padrino...

Lo mismo fue oírle Elviña que persignarse, exclamando en alta voz:

-En nombre del Padre y del Hijo...

Y correr blandiendo el sable, antes que su enemigo, cubierto un ojo por la venda, pudiese hacerse cargo del inesperado movimiento. Al decir "y del Espíritu Santo", ya la hoja había pasado a través del cuerpo del seductor, que vacilaba un momento, tambaleándose y, abriendo los brazos, caía desplomado a tierra... Un golfo de sangre salía de la herida, formando alrededor del cadáver una especie de laguna roja.

Los oficiales de la guarnición se hacían lenguas de la hermosura de su Capitana general. ¡Qué cutis moreno más fresco! ¡Qué ojos más lánguidos y más fogosos a la vez! ¡Cómo caían, velándolos con dulce sombra, las curvas pestañas! ¡Qué gallardo cimbrear el del gentil talle! ¡Qué andar tan airoso! ¡Qué arranque de garganta y qué tabla de pecho, bellezas apenas entrevistas en el teatro, al través de la mínima abertura del alto corpiño!

Porque es de advertir que la generala para irritar la imaginación y estimular con mayor fuerza la codicia de los varones, unía a su tipo meridional, provocativo y tentador, una gran reserva, un alarde de formalidad y recato sobrado aparente para no pecar algo de artificioso y postizo. Jamás se descotaba. Apenas usaba joyas. Vestía mucho de lana negra. No bailaba nunca. No sonreía a sus admiradores. Frecuentaba las iglesias, y en sociedad apenas cruzaba palabra con los menores de cuarenta años. Seria más bien severa, se la podía citar como tipo acabado del decoro. Y el caso es que no sucedía así, y que en torno de la generala flotaba esa tempestuosa atmósfera que rodea a las mujeres cuya virtud es un enigma propuesto a la curiosidad del público. ¿Acusaban de algo a la generala? ¿Había derecho para censurarla en lo más leve? No. Y, sin embargo, notábase vagas reticencias en la voz, en el gesto, en la frase de las mujeres cuando comentaban su modestia y retraimiento, de los hombres, cuando chasqueaban la lengua contra el paladar para declararla *bocatto di cardinale.*

Acaso sus mismas devociones y gravedades fuesen quienes conspiraban contra la pobre señora. Cuando se ponía la mantilla echando el velo a la cara y rosario en muñeca se dirigía a oír misa temprano, la sombra de la blonda hacía más apasionada su palidez, más relucientes sus pupilas, y todo aquello del rosario y del encaje tupido parecía ardid destinado a encubrir furtiva escapatoria amorosa. Los trajes de lana negra, en vez de ocultar sus formas las acentuaban más, destacando el meneo de su andaluza cadera. La seriedad era en ella un gancho, lo mismo que en otras la risa. Su empeño en rehuir las ojeadas de los galanes hacía que sus ojos, al cruzarse por casualidad con otros, muy insistentes, despidiesen un relámpago que en vano pretendían esconder las pestañas traidoras. Su piedad era un señuelo, un cebo su melancolía mal encubierta por la corrección, propia de la distinguida dama, que sabía guardar ante los mirones. Por último existía en ella -y eso sí que no podían negarlo sus defensores más resueltos- un pasado, un secreto, una cosa "que fue", una ceniza aún humeante depositada en el fondo del volcán de su corazón. No era suposición gratuita ni fantástica novela: la generala llevaba la señal, la cicatriz de ese pasado; cicatriz indeleble, delatora. Entre los cabellos negros como la endrina, copiosos y ondeados, que recogía en lo alto de la cabeza sencillo moño, la generala lucía, junto a la sien izquierda, blanquísimo mechón de canas.

La malicia de los provincianos es como el ardid del salvaje: instintiva, paciente y certera. Acecha diez años para averiguar lo que no le importa. Hace arte por el arte; eclipsa a la Policía y en cambio, obtiene el triunfo de comprobar que del mismo barro estamos amasados todos. Cruel, implacable, araña la herida para arrancar un grito de dolor que denuncie el punto donde sangra.

Así que los marinedinos dieron en sospechar que aquel mechón blanco sobre aquella cabellera de ébano podía tener su historia, buscaron ocasión de poner el dedo en la llaga y consiguieron cerciorarse de que habían dado en lo vivo. A la primera pregunta capciosa relativa al mechón, la generala, más blanca que la pared, cerró los ojos y estuvo a punto de caer desvanecida. Y siempre que se repitió el pérfido interrogatorio, pudo advertirse en la señora la turbación misma, idéntica angustia, igual sufrimiento.

Otro indicio más elocuente aún para los perspicaces indagadores fue cierta contradicción, de esas que pierden a un reo ante un tribunal. Al ser interrogada por la señora del auditor respecto al mechón blanco, la generala, temblorosa y en voz apenas perceptible, contestó:

-Nada..., consecuencia del tifus que pasé en Huelva.

Y pocos días después, siendo la preguntona la marquesa de Veniales, el general, que estaba presente, fue quién respondió, alentando a su mujer con imperiosa mirada.

-Del susto de ver venírsele encima un aparador inmenso cargado de loza, se le puso repentinamente blanco ese mechón.

¡Qué par de bases para la curiosidad marinedina! ¡La generala y su marido contradiciéndose; la generala y su marido, de acuerdo para encubrir la historia verdadera del mechón misterioso!

Desde aquel día, el general se vio observado con tanto empeño como su mujer. Ojos de microscopio, ojos omnilaterales, ojos de mosca se posaron en el digno militar para disecarle el alma.

Se estudió su carácter, se comentó su edad y su figura. El general frisaría en los cincuenta y siete; pero sanito como una manzana, derecho, entrecano, enjuto, sólo representaba cuarenta y cinco. Con su uniforme a caballo, aún podía atraer alguna dulce mirada femenina. Ni era calvo, ni tosía; contrastaba con su mujer por lo comunicativo y afable, y la risa franca de sus labios, adornados por limpio bigote gris, descubría dientes blancos y auténticos. En nada se parecía al tipo del esposo incapaz de disfrutar y defender el cariño de una mujer apetecible y bella. Era el hombre joven por dentro, vigilante del honor y sediento del amor, y que lleva espada al cinto para guardar su tesoro. Pues no obstante...

Una persona había en Marineda a quien los rumores, las nieblas y las conjeturas que iban espesándose en torno de la generala hacían pasar la pena negra. No era ningún ayudante de dorada cordonadura, ningún húsar de arqueado pecho; éstos se chuparían quizá los dedos tras la generala, más no sabían consagrarle la silenciosa devoción que le consagraba Rodriguito Osorio, hijo mayor de la marquesa de Veniales, mozo espigado ya. A los diecinueve años, con asomos de barba y más estatura y más cuerpo que el general, Rodriguito apenas conocía la maldad humana: habíase educado muy sujeto, muy en las faldas de su madre, y sus mejillas aún no habían olvidado los rubores de la niñez.

¿A qué detallar una vez más el conocido fenómeno de la pasión loca inspirada al adolescente por la mujer de treinta años cumplidos? Este caso se presenta en la vida real tan a menudo, que ya debe incluírsele entre las enfermedades de marcha fija, de crisis pronosticable, según las observaciones de la ciencia.

Rodriguito enfermó de mucho cuidado, siendo claro síntoma de la calentura el ansia de sublimar, de divinizar a la generala. Ocultaba el muchacho su mal como si fuese el pecado más vergonzoso - cuando realmente era el brote, en fragantes rosas, de su bella eflorescencia juvenil-, y oía los comentarios relativos al mechón con ímpetus de cólera unas veces; otras, con desaliento amargo. Si se atreviese a dar un escándalo, desharía a alguno de los maldicientes... sólo con apretar los dedos. Ya sentía rabiosa curiosidad por rasgar el velo del pasado de la generala; ya juzgaba sacrilegio el intentarlo siquiera; ya con infantil disimulo, torcía la conversación cuando su madre y las amigas de su madre discutían por centésima vez el secreto del mechón; ya, en los saraos de confianza de la

Capitanía General, clavaba los ojos con doloroso éxtasis en aquel rasgo de plata que como pincelada trágica cruzaba la sien de la señora...

¿Adivinó ella lo que pasaba en el alma de Rodriguito? ¿Fue coincidencia de simpatía, fue capricho, fue necesidad de algo que la consolase del espionaje y la pública sospecha? La generala principió a fijar los ojos, a hurtadillas, en el hijo de la marquesa de Veniales... Hacíalo con tal disimulo, con tan hábil oportunidad, que sólo el venturoso Rodrigo pudo notarlo. Al pronto se creyó engañado por un casual encuentro de pupilas... Sin embargo, las ojeadas se repitieron tanto y fueron tan largas, tan intensas, tan elocuentes, tan propias para trastornar y enloquecer a quien ya no tenía por suyo el albedrío... ¡A todo esto, ni una palabra se había cruzado entre Rodrigo y la dama!

Una noche de invierno entró Rodrigo en la Capitanía antes que llegase nadie. La generala estaba sola, sentada ante un veladorcito, bordando; inclinada la cabeza; la luz del quinqué bañaba su pelo y el mechón relucía como nieve. No hay seductor de oficio que tenga los desplantes de los novatos. La inexperiencia es madre de la osadía. Rodrigo miró alrededor, se convenció de que estaba solo, acercóse furtivamente, y en una de esas posturas que ni son arrodillarse ni sentarse que tienen algo de adoración y muchísimo de exceso de confianza echó a la generala los brazos al cuello y, delirando de felicidad, besó el mechón una y mil veces. Lo raro fue que la generala, en vez de rechazarlo, dejó caer la cabeza, suspirando, sobre el hombro del primogénito de Osorio.

Aquello duró un segundo. Las botas del ayudante rechinaban ya en el pasillo. Voces de señoras resonaban en la escalera. Separáronse los culpables, trocando una mirada insensata, sin freno, que lo decía todo. La generala volvió a bordar, derecha, grave y muda como siempre.

El héroe del sarao, aquella noche, fue el forastero presentado por la marquesa de Veniales: un sobrino suyo, que por influencias de su elevada parentela en la corte venía a Marineda a desempeñar un empleíto en Hacienda. Era el tal muchacho, elegante, de ameno trato, muy agradable danzarín y su presencia animó la reunión y alegró no poco a las señoritas marinedinas, siempre afligidas por el absentismo de los hombres. Al salir de la reunión, el forastero colmó la medida de la finura ofreciendo el brazo a su tía la marquesa. Francamente, lector, ¿no sospechas de qué hablarían tía y sobrino, hasta el portal de la casa de Veniales? ¿Del mechón blanco? ¡Naturalmente! Y el forastero hizo entrever el séptimo cielo a la señora, diciéndole con petulancia;

-¡El mechón blanco! Ya lo creo. Conozco su historia. ¿No ve usted que estando yo de oficial primero en la Delegación de Zaragoza, vivía allí el general con su mujer? Sólo que entonces era brigadier no más.

-¿De veras, Juanito? -balbució la marquesa, tartamuda de gozo-. ¿De veras sabes la historia del mechón blanco? ¿No me la contarás, dí?

Hallábase ya en el portal y Rodrigo, que venía un poco rezagado, se incorporaba al grupo.

-Hoy no, tía... Es tarde y ustedes van a subir...

-Hijito..., si te parece, ahora. En un instante...

-Pues abreviaré -contestó resignadamente el forastero-. Esta señora tenía en Zaragoza... lo que usted puede suponer..., con un oficial de artillería, muy guapo. El marido se ausenta..., cuatro o seis días, y al volver, lo de cajón: recibe un anónimo... Malintencionados, que nunca faltan..., o despechados, que es lo más probable. Escena dramática, reconvenciones, amenazas, gritos de ella, protestas, juramentos, aquello de ¡soy inocente!, por aquí, y ¡me calumnian!, por allá. El marido, que es todo un hombre, la agarra, me la lleva delante de un Cristo y le dice: "Júrame aquí, ante Dios, que es falso lo que cuenta el anónimo". La mujer, muerta de miedo, sale por este registro: "Te lo juro por la vida de nuestra hija". Se me había olvidado: tenía una chica de cuatro años preciosa. Bueno, el marido se conforma; hay reconciliación y todo como una balsa. A las veinticuatro horas, la chiquilla con calentura; a las cuarenta y ocho, en el otro mundo, de una meningitis. Cuando la

madre volvió a presentarse en público, lucía ese mechón de canas. Adiós, tía, que está usted de pie y en ese portal hay corrientes.

El forastero se volvió, y dando un grito de sorpresa, añadió:

-Tía... ¿Qué es esto? ¿No ve usted? Rodrigo se ha puesto muy malo. A ver..., yo le sostengo... Pero ¿qué le pasa a este chico?

¿COBARDÍA?

Era en el café acabado de abrir en Marineda, el que les puso la ceniza en la frente a los demás, desplegando suntuosidad asombrosa para una capital de segundo orden. Nos tenía deslumbrados a todos la riqueza de las vidrieras con cifras y arabescos; las doradas columnas; los casetones del techo, con sus pinturas de angelitos de rosado traserín y azules alas y, particularmente, la profusión de espejos que revestían de alto a bajo las paredes; enormes lunas biseladas, venidas de Saint-Gobain (nos constaba, habíamos visto el resguardo de la Aduana), y que copiaban centuplicándolos, los mecheros de gas, las cuadradas mesas de mármol y los semblantes de las bellezas marinedinas, cuando venían muy emperifolladas en las apacibles tardes del verano, a sorber por barquillo un medio de fresa.

Es de advertir que nosotros no ocupábamos el vasto salón principal, sino otro más chico bien alhajado, arrendado por los miembros de la aristocrática Sociedad La Pecera, que, por si ustedes no lo saben, es el Veloz Club marinedino (tengo la honra de pertenecer a su Junta directiva). La Pecera, por lo mismo que no admite sino peces gordos, es poco numerosa y no puede sufragar los gastos de un local suyo. Bástale el saloncillo del café, forrado todo de azogadas lunas, cerrado por vidrieras clarísimas que caen a dos fachadas: la que da a la calle Mayor y la del paseo del Terraplén. A este derroche de cristalería se debió el mote puesto a nuestra Sociedad por la gente maleante. Algunos divanes y mesas de juego, un biombo completaban los trastos de aquel observatorio, donde se reunía por las tardes y durante las primeras horas nocturnas el "todo Marineda" masculino y selecto.

Una noche -serían las doce y media- en que ni había teatro, ni reunión, ni distracción alguna nos juntábamos en el Club ocho o diez peces -gran bandada para un acuario tan chico-. Se había fumado, murmurado, debatido problemas administrativos, científicos y literarios; contado verdores, aquilatado puntos difíciles de ciencia erotológica; roído algo los zancajos a la docena de señoritas que estaban siempre sobre la mesa de disección; picado en la política local y analizado por centésima vez la compañía de zarzuela; pero no se había enzarzado verdadera gresca, de esas que arrebatan la sangre a los rostros y degeneran en desagradables disputas, voces y manotadas. A última hora -casi a la de queda, pues rara vez trasnochaban los peces hasta más de la una- se armó la cuestión recia e infalible. Minutos antes entraba en La Pecera una persona a quien yo profeso gran cariño: Rodrigo Osorio, hijo mayor de la marquesa de Veniales. Habiéndole conocido en ocasión muy crítica para mí, nos unía desde entonces una amistad, por decirlo así, clandestina. Ni andábamos siempre juntos, ni con frecuencia siquiera; no cultivábamos ese trato pegajoso que, en opinión del vulgo, caracteriza a los amigos íntimos. Mis novias podían escribirme sin que yo enseñase a Rodrigo sus gazapos de ortografía. Pasábamos un mes sin vernos, y no por eso se nos desquiciaba la vida; nos veíamos al cabo del mes, y sentíamos -sentía yo, por lo menos- cierta efusión interior, cierto bienestar del alma. No por eso se entienda que congeniábamos. Al contrario: nuestro carácter y modo de ser opuestos nos impedían la verdadera compenetración amistosa. Yo tenía a Rodrigo por estrecho de criterio, medio beato, cerrado, meticuloso y triste; él, probablemente, me conceptuaba un libertino escéptico, un vividor egoísta. Entre el hombre que comulga todos los meses y el que sólo lo hace con ruedas de molino se alza siempre un muro o invisible valla moral.

Al entrar Rodrigo en La Pecera hallábase la disputa en sus comienzos: era de las que pueden tomar fácilmente un giro peligroso, porque de comentar ciertas bofetadas y bastonazos administrados aquella misma mañana por un tendero a un concejal a causa de no sé qué enjuagues de matute, se había pasado a discutir el valor y los modos de probarlo.

A mí, estos altercados me proporcionaban un género de distracción muy original. Apenas principiaban a exaltarse los ánimos, fijaba la vista en la pared de espejos, donde se reflejaba el grupo de contendientes, observando algo fantástico, al menos para mí. Al copiarse en las lunas no solo el grupo, sino la imagen del mismo grupo devuelta por las lunas de enfrente, parecía como si discutiese una innumerable muchedumbre en una galería larguísima, a la cual no se le veía el fin. Recreo de ilusionismo barato, que me causaba una especie de extravío imaginativo bastante curioso. Había dado en figurarme que las imágenes reflejadas en los espejos eran sombras, espectros y caricaturas morales de los disputadores vivos. Sus actitudes y movimientos, que reproducían las lunas, me parecían irónicas, lúgubres y mofadoras. Y de fijo era yo quien reflejaba en el espejo la actitud de mi propio espíritu ante tanta polémica huera, tanta vanidad, tanta exageración, tanta vaciedad y tanta palabrota como allí se oía en diciendo que empezaba el debate.

El de la noche a que me refiero iba por los caminos que ustedes verán, si leen.

-Yo -decía Mauro Pareja, pez de muchas libras- comprendo que en casos así se ciegue el más pacífico, se le suba el humo a las narices y la emprenda a linternazos hasta con su propia sombra. Eso de que le llamen a uno matutero... Señores, aunque yo lo fuese, no le tolero que me lo llame ni al lucero del alba. Pero... ¡las armas naturales! Ya me apesta lo del cambio de tarjetitas y la farándula de los padrinos con sus idas y venidas, y la farsa de los sables romos, y el sueltecillo de cajón: "Anteayer, jugando con unos sables, recibió un arañazo en una bota el distinguido joven Periquito de los Palotes..." Pleca, y luego: "Ha quedado honrosamente zanjada la cuestión surgida entre Periquito de los Palotes y Juanito Peranzules..." ¡A freír monas! ¡Y vaya una manera de volver por la decencia! El puño, señores..., y a vivir.

-El puño es de carreteros -arguyó el comandante Irazu, hombre desmedrado, lacio como un guante viejo, mirando de soslayo, con aparente desdén, la enorme diestra huesuda de Mauro Pareja.

-El puño y la bota, y peor para la gente esmirriada -repitió, con acento incisivo, Mauro-. Y hasta los dientes y las uñas, ¡qué demontre!

-Como las verduleras -bufó Irazu-. Bonito sistema. El mejor día nos arrancamos el moño. ¡Taco, oye uno cada cosa!

-El duelo -declaró el redicho jurisconsulto Arturo Cáñamo en voz muy flauteada- es contrario a las enseñanzas de la religión y a los adelantos de la moral social. Nos retrotrae..., pues...; nos retrotrae a los tiempos perturbados de la Edad Media. Es una costumbre bárbara, importada por los germanos de sus selvas vírgenes...

-¡Que la importase el moro Muza!... -exclamó Pablito Encinar, el pececillo más nuevo del acuario, acabado de salir del colegio de artillería-. Mire usted: ¡a mí, qué!

-¿De modo -recalcó Cáñamo, engallándose mucho- que usted se batiría en duelo? ¿Usted sostiene que cometería un asesinato legal?...

-Señor mío, eso según y conforme... Ahora hablamos a sangre fría. Pero supóngase usted que un hombre me injuria atroz, mortalmente... ¿Me trago la injuria? ¡Tráguesela usted, y buen provecho le haga! Usted no viste uniforme. Es decir, yo, aunque tampoco lo vistiese, no me la trago. ¡Qué había de tragar! Figúrese usted..., vamos, verbigracia..., que aquí, delante de todos viene un individuo y le planta a usted un bofetón en mitad de la jeta... ¿Qué hace usted? ¿Se lo guarda y se consuela con que los germanos...?

Al llegar a este punto la discusión, mi observatorio de los espejos me reveló una cosa rara. Rodrigo Osorio tenía vuelto el rostro hacia la pared; pero lo copiaba la luna más próxima, y vi que se ponía no pálido, sino verde, lívido, desencajado como un moribundo. Sus labios se movían convulsivamente, y su mano crispada hacía dos o tres veces el ademán de aflojar la corbata, propósito irrealizable, pues era de las que llaman de "plastrón". A la vez que comprobaba en Rodrigo esta impresión profunda e iba a volverme para preguntarle si estaba enfermo, las delatoras lunas me hicieron nuevas revelaciones: en ellas vi a tres o cuatro Mauros Pareja guiñando el ojo y tirando de la manga a otros tantos Pablitos Encinar, y a los Pablitos Encinar dándose tres o cuatro palmadas en la boca, de ese modo que significa: "¡Tonto de mí! Soy un charlatán imprudente". Y al punto que observé estos dos hechos, vi en el espejo que las figuras cesaban de accionar, mientras mis oídos percibían, en vez del alboroto de la polémica, un silencio repentino, embarazoso, helado. Dos o tres segundos después sentí un dramático escalofrío: Rodrigo se levantaba, tomaba su sombrero y, sin pronunciar una silaba, abandonaba el salón.

Fue todo ello tan de repente, tan impensado, que al pronto me quedé sobrecogido, no acertando ni a preguntar a los que, indudablemente..., "sabían". Al fin conseguí exclamar, dirigiéndome a Pareja:

-Pero ¿qué sucede? ¿Qué ha pasado aquí?

-¡Este Pablito! -contestó Pareja señalando al joven teniente, que se mordía el bigotillo, muy nervioso-. ¡Le ponen a uno en cada compromiso los novatos!

-¿Pero qué es ello? ¡Si yo no sé nada!

-¡Hombre! ¿No ha de saber usted? Rodrigo le quiere a usted mucho..., y, además, hasta los gatos lo saben.

-Pues las personas, no; yo, al menos. Le ruego a usted que me ponga al tanto...

-¡No saberlo usted! -repuso Pareja con suspicacia-. Bueno; pues en dos palabras le enteraré... La cosa es muy sencilla. ¿Se acuerda usted de aquella generala tan salada, tan guapetona y tan seria que tuvimos hace tres años? ¿No? Verdad que usted no estaba entonces aquí... Pues era una mujer... de patente, y no faltaron almas caritativas para susurrar que este Rodriguito y ella... En fin, cosas del pícaro mundo. Si fuese verdad, el caso probaría que los chicos educados en tanto beaterío son lo mismito que los demás mortales que no andan comiéndose los santos... Digo, no; ya verá usted cómo, en ciertos casos, resultan diferentes. El general se enteró de las murmuraciones, hay quien cree si por algún anónimo..., y se dejó decir que él no se batía con chicuelos, pero que tiraría de las orejas y hartaría de bofetones a Rodrigo donde le encontrase. La mamá se asustó, se llevó al niño a Compostela y allí le metió de coronilla, sin duda para acabar de volverle loco, en iglesias, confesonarios y conventos.

Al cabo de dos o tres meses regresaron aquí. No estaba la generala. Se había ido a las aguas de Cuntis. El general, sí, y ahora entra lo bueno de la historia. Una tarde, paseábase el general, con su ayudante al lado, por la calle Mayor, y Rodriguito, que venía en sentido contrario, se le acerca, se encara con él y le dice (hay quien lo oyó como usted me oye): "Sé que usted desea abofetearme. Aquí estoy. Puede usted cumplir su deseo". El general alza la mano..., y ¡pum! De cuello vuelto, ¡terrible, monumental! Todos creían que el muchacho iba a sacar un revólver... ¡Nada, señores, nada! Aguantó, agachó la cabeza, se volvió..., y se retiró lo mismo que ahora, con mucha pausa, sin decir chuz ni muz, arrimando el pañuelo a las narices, que le sangraban.

Hubo una explosión de risas y de comentarios. Pablito Encinar juró y se retorció el naciente bigote. Sentí en la cara el ardor del recio bofetón, como si acabase de recibirlo. Temblé de ira. Comprendí en aquel instante toda la fuerza del afecto que Rodrigo me inspiraba. La lengua se me entorpecía, de pura rabia y cólera frenética. Por medio de un esfuerzo terrible me dominé y pude articular estas frases, que dejaron a los peces más boquiabiertos de lo que estaban por costumbre:

-He conocido a Rodrigo Osorio hace un año en Madrid. No le conocí en ninguna soirée ni en ningún teatro, ni en timba ninguna, sino a la cabecera de mi cama. ¿Cómo? Aguarden ustedes... Parábamos en la misma fonda. Supo él que un paisano suyo, un marinedino, se encontraba enfermo de una tifoidea, bastante solo y casi abandonado. No preguntó más. Se metió en mi cuarto a cuidarme. Me cuidó como un hermano, como una hermana... de la Caridad. Pasó diez noches sin desnudarse. No contrajo mi mal porque Dios no lo quiso. Ahora, el que sea más valentón que Rodrigo Osorio, que salga ahí. ¿Lo están ustedes oyendo? ¡A ver, a ver si alguno tiene ganas de que yo sea el general! Porque a mí me hormiguea la mano...

Mauro Pareja no esgrimió contra mí los dientes ni los puños. No me vi tampoco en ocasión de "jugar" con ningún sable, florete ni otra arma mortífera.

De cuantas mujeres enjabonaban ropa en el lavadero público de Marineda, ateridas por el frío cruel de una mañana de marzo, Antonia la asistenta era la más encorvada, la más abatida, la que torcía con menos brío, la que refregaba con mayor desaliento. A veces, interrumpiendo su labor, pasábase el dorso de la mano por los enrojecidos párpados, y las gotas de agua y las burbujas de jabón parecían lágrimas sobre su tez marchita.

Las compañeras de trabajo de Antonia la miraban compasivamente, y de tiempo en tiempo, entre la algarabía de las conversaciones y disputas, se cruzaba un breve diálogo, a media voz, entretejido con exclamaciones de asombro, indignación y lástima. Todo el lavadero sabía al dedillo los males de la asistenta, y hallaba en ellos asunto para interminables comentarios. Nadie ignoraba que la infeliz, casada con un mozo carnicero, residía, años antes, en compañía de su madre y de su marido, en un barrio extramuros, y que la familia vivía con desahogo, gracias al asiduo trabajo de Antonia y a los cuartejos ahorrados por la vieja en su antiguo oficio de revendedora, baratillera y prestamista. Nadie había olvidado tampoco la lúgubre tarde en que la vieja fue asesinada, encontrándose hecha astillas la tapa del arcón donde guardaba sus caudales y ciertos pendientes y brincos de oro. Nadie, tampoco, el horror que infundió en el público la nueva de que el ladrón y asesino no era sino el marido de Antonia, según esta misma declaraba, añadiendo que desde tiempo atrás roía al criminal la codicia del dinero de su suegra, con el cual deseaba establecer una tablajería suya propia. Sin embargo, el acusado hizo por probar la coartada, valiéndose del testimonio de dos o tres amigotes de taberna, y de tal modo envolvió el asunto, que, en vez de ir al palo, salió con veinte años de cadena. No fue tan indulgente la opinión como la ley: además de la declaración de la esposa, había un indicio vehementísimo: la cuchillada que mató a la vieja, cuchillada certera y limpia, asestada de arriba abajo, como las que los matachines dan a los cerdos, con un cuchillo ancho y afiladísimo, de cortar carne. Para el pueblo no cabía duda en que el culpable debió subir al cadalso. Y el destino de Antonia comenzó a infundir sagrado terror cuando fue esparciéndose el rumor de que su marido "se la había jurado" para el día en que saliese del presidio, por acusarle. La desdichada quedaba encinta, y el asesino la dejó avisada de que, a su vuelta, se contase entre los difuntos.

Cuando nació el hijo de Antonia, ésta no pudo criarlo, tal era su debilidad y demacración y la frecuencia de las congojas que desde el crimen la aquejaban. Y como no le permitía el estado de su bolsillo pagar ama, las mujeres del barrio que tenían niños de pecho dieron de mamar por turno a la criatura, que creció enclenque, resintiéndose de todas las angustias de su madre. Un tanto repuesta ya, Antonia se aplicó con ardor al trabajo, y aunque siempre tenían sus mejillas esa azulada palidez que se observa en los enfermos del corazón, recobró su silenciosa actividad, su aire apacible.

¡Veinte años de cadena! En veinte años -pensaba ella para sus adentros-, él se puede morir o me puedo morir yo, y de aquí allá, falta mucho todavía.

La hipótesis de la muerte natural no la asustaba, pero la espantaba imaginar solamente que volvía su marido. En vano las cariñosas vecinas la consolaban indicándole la esperanza remota de que el inicuo parricida se arrepintiese, se enmendase, o, como decían ellas, "se volviese de mejor idea". Meneaba Antonia la cabeza entonces, murmurando sombríamente:

-¿Eso él? ¿De mejor idea? Como no baje Dios del cielo en persona y le saque aquel corazón perro y le ponga otro...

Y, al hablar del criminal, un escalofrío corría por el cuerpo de Antonia.

En fin: veinte años tienen muchos días, y el tiempo aplaca la pena más cruel. Algunas veces, figurábasele a Antonia que todo lo ocurrido era un sueño, o que la ancha boca del presidio, que se había tragado al culpable, no le devolvería jamás; o que aquella ley que al cabo supo castigar el primer crimen sabría prevenir el segundo. ¡La ley! Esa entidad moral, de la cual se formaba Antonia un concepto misterioso y confuso, era sin duda fuerza terrible, pero protectora; mano de hierro que la sostendría al borde del abismo. Así es que a sus ilimitados temores se unía una confianza indefinible, fundada sobre todo en el tiempo transcurrido y en el que aún faltaba para cumplirse la condena.

¡Singular enlace el de los acontecimientos!

No creería de seguro el rey, cuando vestido de capitán general y con el pecho cargado de condecoraciones daba la mano ante el ara a una princesa, que aquel acto solemne costaba amarguras sin cuenta a una pobre asistenta, en lejana capital de provincia. Así que Antonia supo que había recaído indulto en su esposo, no pronunció palabra, y la vieron las vecinas sentada en el umbral de la puerta, con las manos cruzadas, la cabeza caída sobre el pecho, mientras el niño, alzando su cara triste de criatura enfermiza, gimoteaba:

-Mi madre... ¡Caliénteme la sopa, por Dios, que tengo hambre!

El coro benévolo y cacareador de las vecinas rodeó a Antonia. Algunas se dedicaron a arreglar la comida del niño; otras animaban a la madre del mejor modo que sabían. ¡Era bien tonta en afligirse así! ¡Ave María Purísima! ¡No parece sino que aquel hombrón no tenía más que llegar y matarla! Había Gobierno, gracias a Dios, y Audiencia y serenos; se podía acudir a los celadores, al alcalde...

-¡Qué alcalde! -decía ella con hosca mirada y apagado acento.

-O al gobernador, o al regente, o al jefe de municipales. Había que ir a un abogado, saber lo que dispone la ley...

Una buena moza, casada con un guardia civil, ofreció enviar a su marido para que le "metiese un miedo" al picarón; otra, resuelta y morena, se brindó a quedarse todas las noches a dormir en casa de la asistenta. En suma, tales y tantas fueron las muestras de interés de la vecindad, que Antonia se resolvió a intentar algo, y sin levantar la sesión, acordóse consultar a un jurisperito, a ver qué recetaba.

Cuando Antonia volvió de la consulta, más pálida que de costumbre, de cada tenducho y de cada cuarto bajo salían mujeres en pelo a preguntarle noticias, y se oían exclamaciones de horror. ¡La ley, en vez de protegerla, obligaba a la hija de la víctima a vivir bajo el mismo techo, maritalmente con el asesino!

-¡Qué leyes, divino Señor de los cielos! ¡Así los bribones que las hacen las aguantaran! -clamaba indignado el coro-. ¿Y no habrá algún remedio, mujer, no habrá algún remedio?

-Dice que nos podemos separar... después de una cosa que le llaman divorcio.

-¿Y qué es divorcio, mujer?

-Un pleito muy largo.

Todas dejaron caer los brazos con desaliento: los pleitos no se acaban nunca, y peor aún si se acaban, porque los pierde siempre el inocente y el pobre.

-Y para eso -añadió la asistenta- tenía yo que probar antes que mi marido me daba mal trato.

-¡Aquí de Dios! ¿Pues aquel tigre no le había matado a la madre? ¿Eso no era mal trato? ¿Eh? ¿Y no sabían hasta los gatos que la tenía amenazada con matarla también?

-Pero como nadie lo oyó... Dice el abogado que se quieren pruebas claras...

Se armó una especie de motín. Había mujeres determinadas a hacer, decían ellas, una exposición al mismísimo rey, pidiendo contraindulto. Y, por turno, dormían en casa de la asistenta, para que la pobre mujer pudiese conciliar el sueño. Afortunadamente, el tercer día llegó la noticia de que el indulto era temporal, y al presidiario aún le quedaban algunos años de arrastrar el grillete. La noche que lo supo Antonia fue la primera en que no se enderezó en la cama, con los ojos desmesuradamente abiertos, pidiendo socorro.

Después de este susto, pasó más de un año y la tranquilidad renació para la asistenta, consagrada a sus humildes quehaceres. Un día, el criado de la casa donde estaba asistiendo creyó hacer un favor a aquella mujer pálida, que tenía su marido en presidio, participándole como la reina iba a parir, y habría indulto, de fijo.

Fregaba la asistenta los pisos, y al oír tales anuncios soltó el estropajo, y descogiendo las sayas que traía arrolladas a la cintura, salió con paso de autómata, muda y fría como una estatua. A los recados que le enviaban de las casas respondía que estaba enferma, aunque en realidad sólo experimentaba un anonadamiento general, un no levantársele los brazos a labor alguna. El día del regio parto contó los cañonazos de la salva, cuyo estampido le resonaba dentro del cerebro, y como hubo quien le advirtió que el vástago real era hembra, comenzó a esperar que un varón habría ocasionado más indultos. Además, ¿Por qué le había de coger el indulto a su marido? Ya le habían indultado una vez, y su crimen era horrendo; ¡matar a la indefensa vieja que no le hacía daño alguno, todo por unas cuantas tristes monedas de oro! La terrible escena volvía a presentarse ante sus ojos: ¿merecía indulto la fiera que asestó aquella tremenda cuchillada? Antonia recordaba que la herida tenía los labios blancos, y parecíale ver la sangre cuajada al pie del catre.

Se encerró en su casa, y pasaba las horas sentada en una silleta junto al fogón. ¡Bah! Si habían de matarla, mejor era dejarse morir!

Solo la voz plañidera del niño la sacaba de su ensimismamiento.

-Mi madre, tengo hambre. Mi madre, ¿qué hay en la puerta? ¿Quién viene?

Por último, una hermosa mañana de sol se encogió de hombros, y tomando un lío de ropa sucia, echó a andar camino del lavadero. A las preguntas afectuosas respondía con lentos monosílabos, y sus ojos se posaban con vago extravío en la espuma del jabón que le saltaba al rostro.

¿Quién trajo al lavadero la inesperada nueva, cuando ya Antonia recogía su ropa lavada y torcida e iba a retirarse? ¿Inventóla alguien con fin caritativo, o fue uno de esos rumores misteriosos, de ignoto origen, que en vísperas de acontecimientos grandes para los pueblos, o los individuos, palpitan y susurran en el aire? Lo cierto es que la pobre Antonia, al oírlo, se llevó instintivamente la mano al corazón, y se dejó caer hacia atrás sobre las húmedas piedras del lavadero.

-Pero ¿de veras murió? -preguntaban las madrugadoras a las recién llegadas.

-Si, mujer...

-Yo lo oí en el mercado...

-Yo, en la tienda...,

-¿A ti quién te lo dijo?

-A mí, mi marido.

-¿Y a tu marido?

-El asistente del capitán.

-¿Y al asistente?

-Su amo...

Aquí ya la autoridad pareció suficiente y nadie quiso averiguar más, sino dar por firme y valedera la noticia. ¡Muerto el criminal, en víspera de indulto, antes de cumplir el plazo de su castigo! Antonia la asistenta alzó la cabeza y por primera vez se tiñeron sus mejillas de un sano color y se abrió la fuente de sus lágrimas. Lloraba de gozo, y nadie de los que la miraban se escandalizó. Ella era la indultada; su alegría, justa. Las lágrimas se agolpaban a sus lagrimales, dilatándole el corazón, porque desde el crimen se había "quedado cortada", es decir, sin llanto. Ahora respiraba anchamente, libre de su pesadilla. Andaba tanto la mano de la Providencia en lo ocurrido que a la asistenta no le cruzó por la imaginación que podía ser falsa la nueva.

Aquella noche, Antonia se retiró a su cama más tarde que de costumbre, porque fue a buscar a su hijo a la escuela de párvulos, y le compró rosquillas de "jinete", con otras golosinas que el chico deseaba hacía tiempo, y ambos recorrieron las calles, parándose ante los escaparates, sin ganas de comer, sin pensar más que en beber el aire, en sentir la vida y en volver a tomar posesión de ella.

Tal era el enajenamiento de Antonia, que ni reparó en que la puerta de su cuarto bajo no estaba sino entornada. Sin soltar de la mano al niño entró en la reducida estancia que le servía de sala, cocina y comedor, y retrocedió atónita viendo encendido el candil. Un bulto negro se levantó de la mesa, y el grito que subía a los labios de la asistenta se ahogó en la garganta.

Era él. Antonia, inmóvil, clavada al suelo, no le veía ya, aunque la siniestra imagen se reflejaba en sus dilatadas pupilas. Su cuerpo yerto sufría una parálisis momentánea; sus manos frías soltaron al niño, que, aterrado, se le cogió a las faldas. El marido habló.

-¡Mal contabas conmigo ahora! -murmuró con acento ronco, pero tranquilo.

Y al sonido de aquella voz donde Antonia creía oír vibrar aún las maldiciones y las amenazas de muerte, la pobre mujer, como desencantada, despertó, exhaló un ¡ay! agudísimo, y cogiendo a su hijo en brazos, echó a correr hacia la puerta.

El hombre se interpuso.

-¡Eh..., chst! ¿Adónde vamos, patrona? -silabeó con su ironía de presidiario-. ¿A alborotar el barrio a estas horas? ¡Quieto aquí todo el mundo!

Las últimas palabras fueron dichas sin que las acompañase ningún ademán agresivo, pero con un tono que heló la sangre de Antonia. Sin embargo, su primer estupor se convertía en fiebre, la fiebre lúcida del instinto de conservación. Una idea rápida cruzó por su mente: ampararse del niño. ¡Su padre no le conocía; pero, al fin, era su padre! Levantóle en alto y le acercó a la luz.

-¿Ese es el chiquillo? -murmuró el presidiario, y descolgando el candil llególo al rostro del chico.

Éste guiñaba los ojos, deslumbrado, y ponía las manos delante de la cara, como para defenderse de aquel padre desconocido, cuyo nombre oía pronunciar con terror y reprobación universal. Apretábase a su madre, y ésta, nerviosamente, le apretaba también, con el rostro más blanco que la cera.

-¡Qué chiquillo tan feo! -gruñó el padre, colgando de nuevo el candil-. Parece que lo chuparon las brujas.

Antonia sin soltar al niño, se arrimó a la pared, pues desfallecía. La habitación le daba vueltas alrededor, y veía lucecitas azules en el aire.

-A ver: ¿No hay nada de comer aquí? -pronunció el marido.

Antonia sentó al niño en un rincón, en el suelo, y mientras la criatura lloraba de miedo, conteniendo los sollozos, la madre comenzó a dar vueltas por el cuarto, y cubrió la mesa con manos temblorosas. Sacó pan, una botella de vino, retiró del hogar una cazuela de bacalao, y se esmeraba sirviendo diligentemente, para aplacar al enemigo con su celo. Sentóse el presidiario y empezó a comer con voracidad, menudeando los tragos de vino. Ella permanecía de pie, mirando, fascinada, aquel rostro curtido, afeitado y seco que relucía con este barniz especial del presidio. Él llenó el vaso una vez más y la convidó.

-No tengo voluntad... -balbució Antonia: y el vino, al reflejo del candil, se le figuraba un coágulo de sangre.

Él lo despachó encogiéndose de hombros, y se puso en el plato más bacalao, que engulló ávidamente, ayudándose con los dedos y mascando grandes cortezas de pan. Su mujer le miraba hartarse, y una esperanza sutil se introducía en su espíritu. Así que comiese, se marcharía sin matarla. Ella, después, cerraría a cal y canto la puerta, y si quería matarla entonces, el vecindario estaba despierto y oiría sus gritos. ¡Solo que, probablemente, le sería imposible a ella gritar! Y carraspeó para afianzar la voz. El marido, apenas se vio saciado de comida, sacó del cinto un cigarro, lo picó con la uña y encendió sosegadamente el pitillo en el candil.

-¡Chst!... ¿Adónde vamos? -gritó viendo que su mujer hacía un movimiento disimulado hacia la puerta-. Tengamos la fiesta en paz.

-A acostar al pequeño -contestó ella sin saber lo que decía. Y refugióse en la habitación contigua llevando a su hijo en brazos. De seguro que el asesino no entraría allí. ¿Cómo había de tener valor para tanto? Era la habitación en que había cometido el crimen, el cuarto de su madre. Pared por medio dormía antes el matrimonio; pero la miseria que siguió a la muerte de la vieja obligó a Antonia a vender la cama matrimonial y usar la de la difunta. Creyéndose en salvo, empezaba a desnudar al niño, que ahora se atrevía a sollozar más fuerte, apoyado en su seno; pero se abrió la puerta y entró el presidiario.

Antonia le vio echar una mirada oblicua en torno suyo, descalzarse con suma tranquilidad, quitarse la faja, y, por último, acostarse en el lecho de la víctima. La asistenta creía soñar. Si su marido abriese una navaja, la asustaría menos quizá que mostrando tan horrible sosiego. El se estiraba y revolvía en las sábanas, apurando la colilla y suspirando de gusto, como hombre cansado que encuentra una cama blanda y limpia.

-¿Y tú? -exclamó dirigiéndose a Antonia-. ¿Qué haces ahí quieta como un poste? ¿No te acuestas?

-Yo... no tengo sueño -tartamudeó ella, dando diente con diente.

-¿Qué falta hace tener sueño? ¡Si irás a pasar la noche de centinela!

-Ahí... ahí..., no... cabemos... Duerme tú... Yo aquí, de cualquier modo...

Él soltó dos o tres palabras gordas.

-¿Me tienes miedo o asco, o qué rayo es esto? A ver como te acuestas, o si no...

Incorporóse el marido, y extendiendo las manos, mostró querer saltar de la cama al suelo. Mas ya Antonia, con la docilidad fatalista de la esclava, empezaba a desnudarse. Sus dedos apresurados rompían las cintas, arrancaban violentamente los corchetes, desgarraban las enaguas. En un rincón del cuarto se oían los ahogados sollozos del niño...

Y el niño fue quien, gritando desesperadamente llamó al amanecer a las vecinas que encontraron a Antonia en la cama, extendida, como muerta. El médico vino aprisa, y declaró que vivía, y la sangró, y no logró sacarle gota de sangre. Falleció a las veinticuatro horas, de muerte natural, pues no tenía lesión alguna. El niño aseguraba que el hombre que había pasado allí la noche la llamó muchas veces al levantarse, y viendo que no respondía echó a correr como un loco.

A la hora en que él cruzó el pórtico del templo lucían las estrellas con vivo centellear en el profundo azul, saturaba la primavera de trépidos y aromosos efluvios el ambiente, hallábanse las calles concurridas, rebosando animación, y los transeúntes cuchicheaban a media voz, fluctuando entre el recogimiento de las recientes plegarias y la expansión bulliciosa provocada por aquella blanda y halagüeña temperatura de abril. Eran casi las once de la noche del Jueves Santo.

Entróse a buen paso mi héroe por la iglesia, en cuya nave se espesaba la atmósfera, impregnada de partículas de cera e incienso. En el altar mayor ardían aún todas las luces del monumento, simétricamente dispuestas, alternando con vasos henchidos de gayas y pomposas flores de papel con ramos de hojarasca de plata, y allá arriba azulados bullones de tul formaban un dosel de nubes, de trecho en trecho cogido por angelitos vivarachos y de rosada carnación, con blancas alas en los hombros, alas impacientes y cortas, que parecían, entre el trémulo chisporroteo de los cirios, estremecerse preludiando el vuelo. Todo el gran frente del altar irradiaba y esplendía como una gloria, envuelto en áureo y caliente vapor, y animado por la continua y parpadeante vibración de las candelas, y las notas de fuerte colorido de los contrahechos ramilletes.

Él avanzó hacia el luminoso foco, atraído por dos negras figuras femeniles -esbeltas a despecho del largo manto que las recataba- que de hinojos ante el presbiterio sobresalían, destacándose encima de aquel fondo de lumbre; mas en el propio instante las figuras se irguieron, hicieron profunda reverencia al altar, signáronse, y rápidas tomaron hacia la puertecilla de la sacristía, que a la derecha bostezaba, abriéndose como una boca oscura. Echó él inmediatamente tras las figuras, sin cuidarse de dar muestra alguna de respeto cuando pasó frente al Sagrario. Colóse por la misma boca que se había tragado a sus perseguidas y se halló en la sacristía mal alumbrada por mezquino cabo de vela, que iba consumiéndose en una palmatoria puesta sobre la antigua cómoda de nogal, almacén de las vestiduras sacras. En aquel recinto semitenebroso no estaban las damas ya.

Empujó la puerta de salida de la sacristía, que daba a lóbrega y retirada callejuela, y con ojos perspicaces escrutó las sombras, sin que en la angostura del solitario pasadizo viese ondear ningún traje, ni recortarse silueta alguna. Era evidente que se había perdido la pista de la res. Las fugitivas tapadas llegando a las calles principales, confundiéronse, sin duda, entre el gentío. Tras un minuto de indecisión, mi protagonista, a quien me place llamar Diego, encogióse levemente de hombros, y desanduvo lo andado, pero con menos prisa ya, no sin que otorgase una mirada al lugar y objetos circunstantes. Vio las borrosas pinturas pendientes en los muros, el lavabo de cantería con su grifo, los ornatos dispersos aún sobre los bufetes, las crespas pellices que tendían sus brazos blancos, el haz de cirios nuevos abandonado en un rincón, los cajoncitos entreabiertos dejando asomar una punta de cíngulo, todo el caprichoso desorden de la sacristía a última hora. Lentamente penetró de nuevo en la desierta iglesia, y al encararse con el altar, dobló el cuerpo en mecánica cortesía, sin que ningún murmullo de rezo exhalasen sus labios, y alzando la vista al monumento, paróse a contemplar sus refulgentes líneas de luz. Llegaban éstas ya al término de su vida; un hombre vuelto de espaldas a Diego, y encaramado en una escalerilla de mano, las mataba una a una, con ayuda de una luenga y flexible caña, y no transcurría un segundo sin que alguna de aquellas flamígeras pupilas se cerrase. Iban sumergiéndose en golfos de sombra los frescos angelotes, los follajes de oropel y briche, las bermejas rosas artificiales de los tiestos, las estrellas de talco sembradas por el fantástico pabellón de nubes. Buen rato se entretuvo Diego en ver apagarse las efímeras constelaciones del firmamento del altar, y cuando sólo quedaron diez o doce astros luciendo en él, dio media vuelta, propuesto a abandonar el templo. Mas en mitad de la nave mudó instintivamente de rumbo, dirigiéndose a una de las dos capillas que hacían de brazos de la latina cruz que el plano de la iglesia dibujaba. Era la capilla de la izquierda, fronteriza a aquella en cuyos muros encajaba la puerta de la sacristía.

Cerraba la capilla de la izquierda labrada verja de hierro, abierta a la sazón, y en el fondo, delante del retablo lúgubremente cubierto de arriba abajo con paños de luto, descollaban expuestas en sus andas las imágenes que al día siguiente recorrerían las calles de la ciudad formando la dramática procesión de los "Pasos". Fijó Diego la vista en ellas con sumo interés, recordando, mediante una de las fugaces, pero vivísimas reminiscencias que impensadamente suelen retrotraernos a plena niñez, el pueril gozo con que en días muy lejanos ya, más lejanos aún en el espíritu que en el tiempo, trayéndole su madre al propio sitio, y elevándole en sus brazos, besaba él devotamente la orla bordada de la túnica de aquel mismo Nazareno. Absorto en tales remembranzas, consideraba Diego el aspecto de la capilla. Artista y observador, parecíale mirar y comprender ahora las imágenes de muy otro modo que lo hiciera allá en los albores de su infancia. Entonces eran para él símbolos del Cielo, invocado en sus cándidas oraciones; habitantes de una comarca felicísima, hacia la cual él deseaba remontarse por un impulso de las alas de querubín que en su espalda prendía la inocencia. Hoy le inspiraba igual curiosidad que un objeto cualquiera de arte. Advertía sus detalles mínimos, las desmenuzaba, las profanaba mentalmente tasándolas en su precio neto, según la destreza del escultor que las labrara o los conocimientos en indumentaria de la costurera que cortó y dispuso los trajes. Sonrióse al distinguir en la túnica del Nazareno unas franjas de ornamentación de gusto renacientes, y al notar que la soldadesca de Pilatos vestía, de medio cuerpo abajo, a la usanza española del siglo XVI, mientras Berenice, la tradicional "Verónica", lucía brial de joyante seda al estilo medieval. Anacronismos que entretuvieron a Diego no poco, dándole ocasión de reconstruir en su mente, una por una, las impresiones de la edad en que acudía a visitar la capilla con erudición más corta y alma más sencilla y amante. En aquel punto y hora se encontraba Diego en la iglesia merced al más irreverente de cuantos azares existen: el azar de seguir los pasos a una bella mujer, largo tiempo rondada sin fruto, y cuyo desdén hizo de martillo que arrancase chispas al indiferente y helado corazón de Diego, bastando a empeñarle con ardiente ahínco en la demanda. De seguro que a no haber visto dirigirse a la gentil dama con su más familiar amiga -ambas rebozadas en tupidos velos- camino de la iglesia, donde se rezan las estaciones en aquella noche solemne; a no pensar que la hora, el tropel de gente arremolinada en el pórtico, brindaban ocasión favorable de poner con disimulo rendido billete en unas manos quizá en secreto ansiosas de recibirlo..., no se anduviera él en tal razón en la capilla, sino en su casa, leyendo a la clara luz del quinqué los diarios, o respirando en el balcón la regalada brisa nocturna.

Mas como quiera que fuese, es lo cierto que había venido a dar a la capilla, y con la oleada de recuerdos infantiles olvidárase ya del galanteo, concentrando su atención toda en las imágenes que suavemente le conducían a los linderos del pasado. Parecíale tomar otra vez posesión de comarcas de antiguo perdidas, y con ellas recobrar la sencillez de su pericia venturosa. Allí estaba el San Juan, el amado discípulo, de rostro lindo y femenil, con su túnica verde, su manto rojo y sus bucles castaños, que caen como lluvia de flores en derredor de las impúberes mejillas y de la ebúrnea garganta. Allí, la Virgen Madre, pálida y orlados los ojos del dolor, tendidos los brazos, cruzadas con angustia las manos, arrastrando luengos lutos, trucidado por siete puñales el pecho. Allí, la "Verónica", pía, de arrogante hermosura, cubierta de galas y preseas, recamado de oro el rico velo de blanquísimo tisú, turbado el semblante con lástima infinita, presentando el limpio pañuelo que ha de enjugar el sudor de la sacrosanta Faz. Allí, los verdugos -que en otro tiempo hacían a Diego temblar de horror-, los sayones, de torvas cataduras y velludas fisonomías, de chatas frentes y cuerpos color de ocre, ostentando en la cabeza duro capacete o aplastado turbante, desnudo el torso, señalando con violentas actitudes la recia musculatura de sus fornidos brazos, tirando de las sogas o apretando, amenazadores, los iracundos puños. Allí, por último, el Nazareno, agobiado con el peso de su túnica de terciopelo oscuro, cuajada de palmas y cenefas de oro y sujeta por grueso cordón de anchos borlones, macilento y cadavérico rostro, apenas visible entre los flotantes rizos de la cabellera y las espirales de la ondeada barba virgen; el Nazareno, triste, de penetrantes ojos y cárdenos labios, de frente donde se hincan los abrojos de la corona, arrancando denegridas gotas de sangre. ¡Caso peregrino de verdad! Conocía Diego al dedillo las reglas de la estética y las teorías artísticas; sabía de sobra que el arte condena, severo, las imágenes llamadas "de vestir", sancionando las de bulto, donde el cincel puede revelar la armonía de las formas bajo el plegado de los paños. Y, no obstante, nunca maravillosa estatua, labrada en puro mármol pentélico por el artista más insigne de la antigua Grecia, le causara la honda impresión que aquella imagen ataviada por la ignorante piedad, sin tomar en cuenta los preceptos del arte ni las investigaciones arqueológicas. Tal era la fuerza y viveza de sus sentimientos ante la efigie, que creía notar en los labios el contacto de la rígida orla de la túnica; y, movido de curiosidad, deseando probar si algo del hombre de antaño sobrevivía en el de hogaño, miró alrededor, no fuera que estuviese oculto en los rincones de la capilla alguien que pudiese soltar la carcajada; y a falta de otro público, rióse él mismo al poner la boca en la fimbria del traje del Divino Nazareno. Alzóse, y a manera de disculpa, se alegó a sí propio que también los que en edad varonil vuelven al jardín donde, infantes, jugaron, gustan de esconderse en los bosquecillos como solían, por renovar el recuerdo de las alegres horas de ayer.

Hecho este soliloquio, resolvió Diego dejar definitivamente la capilla y la iglesia, que así lo pedía lo avanzado de la hora. Consagró la postrer mirada a las imágenes, cuyas vestiduras, al reflejo de la lámpara colgada de la techumbre y a la flava luz de dos altos blandones fijos en las andas, destellaban oro y colores, y, sin hacer genuflexión ni acatamiento alguno, pasó la verja. Estaba el templo del todo sombrío: en el monumento, negro y mudo ya, ni aun oscilaba el rojizo tufo de los pabilos recién apagados; apenas combatía las tinieblas de la nave el vago fulgor de los hachones de la capilla. Diego fue derechamente a una de las puertas que salían al vestíbulo del pórtico, empujóla con suavidad primero y fuerte después, y no sin gran sorpresa advirtió que resistían las hojas; la puerta estaba cerrada. Acudió Diego a la otra, y con mano impaciente buscó el pestillo; clausura completa. Palpó, nervioso y trémulo requiriendo la llave, que de fijo descansaría en la faltriquera del sacristán, puesto que estaba ausente de la cerradura. Entonces atravesó Diego apresuradamente la nave, y, llegándose a la puerta de la sacristía, probó a abrirla a tientas; empresa no menos vana que las anteriores. Herméticamente cerradas se encontraban todas las salidas del templo.

Hizo el mancebo ademanes de despecho y enfado. Su situación era clara: preso toda la noche en la iglesia. Mientras se embebecía en la contemplación de las imágenes, el sacristán, menos soñador y distraído, se recogía a saborear la colación en familia, cerrando bien antes. Diego torció y mordió con enojo su mostacho y meneó la cabeza, como diciendo: "Vamos a ver: ¿Y qué hago yo ahora?" Meditó varios expedientes, y ninguno tuvo por aplicable. Podría acaso, con sus vigorosos puños, forzar las cerraduras de las endebles puertas interiores; pero le detendría la fortísima exterior del pórtico, o la no menos resistente, aunque más baja, de la sacristía por la parte de la calle. ¿Y qué escándalo no iba a causar en la ciudad al verle a él, pacífico ciudadano, forzando puertas de templos, ni más ni menos que un burlador de capa y espada? Ocurriósele también gritar; acaso el sacristán, atareado aún en la sacristía, le oyese; pero inexplicable recelo embargó su voz, temiendo verla apagarse sin eco en la alta bóveda; además, algo pueril había en los gritos, que repugnaba a Diego. En estas imaginaciones transcurrieron diez minutos de angustia penosa; pero al cabo acudió la reflexión. Si el verse obligado a pernoctar en una iglesia no es recreativa aventura, tampoco grave mal ni terrible desdicha. Seguramente no se divertiría mucho Diego en la mansión sagrada; mas, en cambio, podría dormir a sus anchas, sin temor de que ningún importuno viniese a interrumpirle. Tratábase no más que de una noche, y mitad de ella era ya por filo, según anunció el reloj de la torre sonando doce lentas campanadas. Faltaban para la aurora, en aquella estación del año, cinco horas apenas, que bien podían dormirse en un banco, por duro que fuese. Antes de la del alba vendría el sacristán a franquear las puertas, a disponerlo todo para los divinos oficios, y entonces cátate a Diego libre y volando a su casa, a tenderse entre sábanas delgadas y limpias, a dormir hasta las once y a levantarse después para ver cómo sentaba la negra mantilla de fondo al talle de su perseguida beldad. Todo este raciocinio hilvanó el magín de Diego en un abrir y cerrar de ojos. Y pararon sus cálculos en resignarse y acogerse, atraído por las luces, a la capilla del Nazareno.

Ardían más amarillentos que nunca los cirios, soltando goterones de cera derretida, que a veces caían, y con rebote sordo se aplastaban en los palos de las andas de las imágenes. Reinaba, visible y palpable casi, el silencio. Diego se sentó en un banco, recostando la cabeza en la rinconada que formaba la saliente de un confesonario, y el crujido del duro asiento, al recibir el peso de su cuerpo, le sonó extrañamente. Trató de dormir, pero no acertaba a cerrar los ojos y recogerse para conciliar el sueño. Estorbábale mucho la absoluta tranquilidad del recinto, tranquilidad que agigantaba hasta el chisporroteo de los blandones. Aquella callada atmósfera estaba llena de cosas inexplicables e incomprensibles, que Diego percibía sin embargo. Quejas ahogadas, silabeo de oraciones en voz baja, grave salmodia de responsos, abrasadores lágrimas de arrepentimiento, sofocados suspiros flotaban en el ambiente como seres incorpóreos, como moléculas del incienso evaporado en el aire, como átomos de mirra quemada ante el ara; dijérase que las almas de cuantos allí imploraron del Cielo paz o perdón se habían quedado cautivas en el círculo de los altos muros de la capilla. Diego se dio a creer que menos le turbarían acaso los siniestros rumores de derruido templo ojival donde mugiese el viento, silbase el cárabo y la corneja graznase, que el perfecto reposo de aquella iglesia moderna; y la aprensión más singular de cuantas le asaltaban, la más rara idea sugerida por el misterioso silencio, era la de figurarse que no se hallaba "solo". Por mucho que combatiese tan ridícula suposición, no podía arrancarse de la mente el pensamiento de que allí había alguien, o, mejor dicho, mucha gente, muchos ojos que le miraban atentos, muchos cuerpos vueltos hacia él. Sacudió la cabeza, pasóse repetidas veces la mano por la frente, que comenzaba a arder; reclinóse de nuevo en el ángulo y probó a dormirse. Pero no es dado gozar el bálsamo del sueño a quien más lo solicita; antes suele huirnos cuando lo invocamos para aplacar la excesiva tensión de nuestros nervios y las tempestades de nuestro espíritu. Cerrados los párpados, no se disipó la indefinible zozobra de Diego. Parecíale oír tenues oscilaciones del aire, pisadas muy quedas, vagos murmullos, balbuceos trémulos, chasquidos leves, suave crujir de ricas estrofas, ráfagas de viento empujadas por manos que se tendían para acariciarle o cortadas por armas que descendían para herirle. No pudo sufrir más; mal de su grado se le despegaban los párpados violentamente retraídos por sus músculos tensores. Miró.

Las imágenes se erguían, inmóviles, en las andas; los ciriales alumbraban en paz. Diego respiró ampliamente, increpándose a sí mismo. No se reirían poco mañana sus compañeros de mesa de café si cometiese la simpleza de contarles cuán extrañas sinfonías entonan a las altas horas de la noche las capillas desiertas.

Tranquilo ya, recorrió otra vez con la vista las efigies todas, y, cautivado, detúvose en la del Nazareno. Era ésta la que más próxima tenía; veíala de frente, y de costado a las demás. Consideró primero el traje y después el macilento rostro. Y volvió a notar lo convencional del criterio estético, observando el efecto sorprendente de realidad de los ojos de la imagen, que eran de cristal, ni más ni menos que los de los animales disecados. Fuese que la luz de las velas se quebrara en ellos de modo especial, fuese que la densa sombra de la abundosa cabellera les prestase reflejos de agua profunda, el caso es que los ojos tan pronto despedían centellas como semejaban a Diego velados por turbia cortina de llanto. Hasta llegó un instante en que de los lagrimales a las flacas mejillas creyó Diego, asombrado, deslizarse unas gotas, que, al llegar a la negra barba, se quedaron frescas y relucientes como el rocío en la tela de araña campesina. Sintió impulsos de levantarse y contemplar de cerca el prodigio; mas al punto se calificó de necio rematado si tal hiciese. No creía en lo sobrenatural, y mejor que admitir que llorase un Nazareno de madera tuviérase a sí propio por demente y visionario. Sus ojos, deslumbrados por los hachones, y no los de vidrio de la imagen, eran causa del fenómeno. No obstante, mágica fascinación prendía sus pupilas a aquellas otras pupilas llorosas y mansas. Una especie de estremecimiento magnético le hizo temblar de frío, y quiso dirigir la visual a otra parte; imposible: los ojos del Nazareno no buscaban con empeño tal, preguntaban tan imperiosamente, que era fuerza contestarles. ¡Por vida de Diego! Lo que procedía era irse derechito a la efigie, mirarla de cerca, tocar su rostro de palo, sus ojos de cristal, y reírse después. Sí: esto era lo sensato, lo cuerdo, lo que cualquier hombre que tenga cabales sus potencias opina a las doce del día, después de almorzar y fumando un cigarro. Pero a igual hora de la noche, sin haber cenado, cautivo en una iglesia solitaria, en compañía de un Nazareno al que alumbran cirios, es verosímil que el mismo hombre hiciese lo que Diego; levantarse con ademán brusco, pasar ante el Nazareno, clavada la vista en tierra, por librarse del imán de sus ojos, y refugiarse en el interior del confesonario, cuyas paredes, de madera, caladas en un pequeño espacio por menudilla rejilla, se interpusieron entre él y las imágenes, procurándole una especie de alcoba, dura y estrecha, sí, pero al cabo retirada.

Mas ni por sepultarse en tal escondite cesó Diego de tiritar y sentir zumbidos en las sienes, y dolorosa percepción del curso de la sangre por las venas de su cerebro. A través de la apretada rejilla, parecíale que los trágicos personajes del poema de la Pasión no estaban ya en sus andas, sino en el suelo muy cerca de él, tocando con las murallas de leño de su guarida. Oía choque de corazas y espadas, sonar de cuentos de lanza sobre baldosas, pasos trabajosos y desiguales, sordas imprecaciones, blasfemias cínicas, sollozos desgarradores arrancados de mujeriles pechos. Y también llególe el son de roncas trompetas y destemplados tambores, y, de tiempo en tiempo, el choque mate de un objeto pesado contra la tierra. Parecía como si cantasen un coro a telón corrido; pero con tal maestría, que cada voz se destacaba aisladamente entre las demás sin romper el concierto. Diego se apretaba la cabeza y tapábase los oídos con las manos; mas de pronto, las tablas del confesonario cesaron de interponerse entre su vista y el espectáculo que adivinaba: el telón subió y apareció la escena.

No estaba Diego ya en la capilla, ni le alumbraban los pálidos blandones, sino que se encontraba en un camino que, naciendo en las puertas de torreada ciudad, faldeaba un montecillo, trepando por él hasta empinarse a la cumbre. Hirviente multitud ondulaba en el sendero como flexible sierpe que colea; el sol, inflamado, rutilante en su cénit, pero de luz turbia y lívida, iluminaba, sin regocijarlo, el paisaje. Sus reflejos arrancaban vislumbres como de fuego y sangre a las armaduras, a los yelmos, a los hierros de lanza, a las águilas posadas en los pendones de la centuria de romanos jinetes que, indiferentes y marciales, arrendando sus briosos potros, daban escolta al cortejo. A ambos lados de la senda se enracimaban gentes del pueblo, mujeres y niños los más que, llorando y plañendo, maltratados a veces por la cohorte, se unían al grupo central de la lúgubre procesión. Formaban este grupo los hoscos sayones, los siniestros y grotescos verdugos, que bullían en torno de un hombre vestido con túnica nazarena.

Aquel hombre, cuyo rostro apenas se distinguía entre los copiosos y enmarañados bucles de su cabellera oscura, manchada de polvo y sangre, llevaba ceñida corona de espinas punzantes; sustentaba en sus hombros el árbol de enorme y pesada cruz, y sus pies descalzos y llagados pisaban dolorosamente los guijarros del camino. Apurábanle los sayones porque apretase el paso y llegase más presto al lugar del suplicio; cuál le descargaba fuerte puñada en los lomos; cuál le sacudía tremendo bofetón en la faz o le tiraba despiadadamente de los mechones del cabello. Diego miró con horror a los sicarios, y se lanzó hacia el grupo, deseoso de socorrer a la víctima; pero al alzar la mano para abrirse paso y apartarlos, halló que rodeaba su muñeca gruesa soga, pasada al cuello del reo. Entonces convirtió la vista a sí propio, y advirtió con espanto que tenía la propia semejanza y figura de uno de aquellos feroces jayanes. Desnudos llevaba como ellos pecho y espalda; sujeto a la cintura, breve faldellín; pendiente del cinto de cuero, una bolsa con martillo, tenaza y provisión de férreos clavos. Quiso entonces desasirse de la cuerda maldita; tiró y logró solamente lastimar los lacerados hombros del reo que exhaló suave quejido. Siguió su marcha la comitiva, y Diego, confundido con ella, mecánicamente, como paja a quien arrastran las ondas del mar. Andados algunos pasos, los pies de la víctima tropezaron con una cortante piedra y desplomóse sobre las rodillas, abrumado por la cruz. Intentó Diego ayudarle a incorporarse; mas la soga volvió a rozar el herido cuello, y el reo a gemir.

Haciéndose cada vez más agria la cuesta, más grave el peso, aún vaciló y cayó, pero se sostuvo en las palmas de las manos; y entonces, como echase atrás la cabeza, apartáronse los descompuestos bucles y quedó patente el rostro maltratado y escupido, los dulces labios marchitos como pisoteada flor, la bella barba horquillada y rizosa, la cándida frente claveteada de espinas, los serenos abismos de los ojos, que con ternura y paz miraban en torno de sí. Diego sintió como si le traspasase el corazón agudo y penetrante dardo, y las entrañas se le conmovieron y derritieron de pena. "Álzate, sigue", vociferaban los verdugos en una lengua extraña, que Diego entendía, sin embargo; y se precipitaron sobre el Nazareno, para levantarle de grado o por fuerza. Cogido Diego en el vórtice del viviente remolino, extendió también los brazos y asió los del reo a tientas, según pudo entre la confusión; oyóse un clamor de agonía, contestaron a él las hijas de Jerusalén con histérico llanto, y Diego vio que las sienes de Jesús chorreaban sangre, y sintió en sus dedos un contacto blando, elástico, acariciador; enroscábase a ellos un rizo, arrancado de la frente del Nazareno.

Despertóse Diego en su lecho, rodeado de solícitos amigos, que le velaban y cuidaban desde que le encontraron sin sentido y sin pulso sobre el frío pavimento de la capilla, delante de las andas.

Ya tornaba a la vida y había en sus mejillas color, en sus pupilas luz e inteligencia. Recobrándose poco a poco, incorporado sobre la almohada, fue recogiendo lentamente los sueltos cabos de sus recuerdos y reconstruyendo lo pasado en su mente. Ensanchó el pecho, respirando con desahogo, y murmuró:

-¡Qué pesadilla!

Mas en el instante mismo hubo de advertir algo delicado y sedoso, como piel de mujer, como suave pétalo de flor, que tocaba con la yema del pulgar y envolvía su dedo índice. Sus ojos quedaron fijos y dilatados, abierta su boca y paralizada su lengua. Aquella fina sortija era el rizo.